LE FIL DU RASOIR

Série « Brigade Mondaine »

DU MÊME AUTEUR
CHEZ LE MÊME ÉDITEUR

(Pages à découper ou à copier)

Je souhaite recevoir :

- ☐ Le catalogue complet
- ☐ Les volumes ci-dessous cochés au prix de 35 F l'unité, soit :

…… livres à 35 F = ……

+ frais de port (1 à 3 vol. : 15 F ; 4 vol. et plus : 25 F) = ……

Total : ……

Nom : ....Prénom : ....
Adresse : ....
....
Code postal : ....Ville : ....

Paiement par chèque à :
GECEP – Éditions Vauvenargues
14, rue Léonce Reynaud – 75116 PARIS
(* Titres épuisés)

N° 1 : LE MONSTRE D'ORGEVAL
N° 2 : LE CARROUSEL DE LA PLEINE LUNE
N° 3 : L'ABOMINABLE BLOCKHAUS
N° 4 : LES SÉMINAIRES D'AMOUR
N° 5 : LE MARCHÉ AUX ORPHELINES
N° 6 : L'HÉROÏNE EN OR MASSIF
N° 7 : UN CHANTAGE TRÈS SPÉCIAL
N° 8 : LES REQUINS DE L'ÎLE D'AMOUR
N° 9 : LA CITÉ DES DISPARUS
N° 10 : LE CYGNE DE BANGKOK
* N° 11 : LA MANTE RELIGIEUSE
* N° 12 : LE JEU DU CAVALIER
* N° 13 : LA CROISIÈRE INTERDITE
* N° 14 : LE HAREM DE MARRAKECH

* N° 15 : LA MAISON DES MAUDITES
* N° 16 : LA PERMISSION DE MINUIT
* N° 17 : LES CAPRICES DE VANESSA
* N° 18 : LA VIPÈRE DES CARAÏBES
* N° 19 : LE VOYOU DE MONTPARNASSE
* N° 20 : LES FILLES DE MONSEIGNEUR
* N° 21 : LA NUIT ARABE DE MONACO
* N° 22 : LA FERMIÈRE DU VICOMTE
* N° 23 : LA PUNITION DE L'AMBASSADEUR
* N° 24 : LA SECTE DES AMAZONES
* N° 25 : LES SIRÈNES DE L'AUTOROUTE
* N° 26 : LE BOUDDHA VIVANT
* N° 27 : LA PLANCHETTE BULGARE
* N° 28 : LE PRISONNIER DE BEAUBOURG
* N° 29 : LES ESCLAVES DE LA NUIT
* N° 30 : LES POUPÉES CHINOISES
* N° 31 : LES SACRIFIÉS DU SOLEIL
* N° 32 : L'EXÉCUTRICE
* N° 33 : LA PRÊTRESSE DU PHARAON
* N° 34 : UN CANAL ROSE POUR CIBISTE
* N° 35 : LES FANATIQUES DE LA VIDÉO
* N° 36 : LES ANGES DE PIGALLE
* N° 37 : SOSIES SUR MESURE
* N° 38 : LA MARQUE DU TAUREAU
* N° 39 : L'ÎLE AUX FEMMES
* N° 40 : LA CHÂTELAINE DE L'ORDRE NOIR
* N° 41 : LA PRINCESSE DES CATACOMBES
* N° 42 : LA DISPARUE DE SUNSET BOULEVARD
* N° 43 : LE PARFUM DE LA DAME EN GRIS
* N° 44 : LES FEMMES MYGALES DE LA CÔTE D'IVOIRE
* N° 45 : LA DANSE DES COUTEAUX
* N° 46 : LES AMANTS DE SINGAPOUR
* N° 47 : LA VEUVE DU LAC
* N° 48 : LES FANTASMES DU NOTABLE
* N° 49 : LA BÊTE DU LUBÉRON
* N° 50 : CARNAVAL À VENISE
* N° 51 : LES NUITS BLANCHES DE LA TOUR EIFFEL
* N° 52 : LOVE TÉLÉPHONE
* N° 53 : GOLF-PARTY
* N° 54 : L'ENFER DU COLLECTIONNEUR
* N° 55 : LES SOMNAMBULES DU DOCTEUR MARLY
* N° 56 : LES ENVOÛTÉS DU MARABOUT
* N° 57 : LA TUEUSE D'HOMMES
* N° 58 : LA DIVA DU BOIS DE BOULOGNE
* N° 59 : LA FOLIE DE BARBE-BLEUE
* N° 60 : LE MANIAQUE DU PARKING
* N° 61 : LE BATEAU DES FILLES PERDUES

* N° 62 : LE DÉMON DU PEEP-SHOW
* N° 63 : LES CHASSEURS DE MIREILLE
* N° 64 : LA PLAGE AUX NYMPHES
* N° 65 : NUITS DE CHINE
N° 66 : LA FILIÈRE MEXICAINE
N° 67 : LES SECRETS DE MADAME MAUD
N° 68 : LA FEMME MASQUÉE
N° 69 : TRANSPORT DE FILLES
N° 70 : LA SECRÉTAIRE DU PATRON
N° 71 : LA PANTHÈRE DES PALACES
* N° 72 : LES PROFANATRICES
* N° 73 : LA TENTATION DE CAROLINE
* N° 74 : LA LOUVE DES BEAUX QUARTIERS
* N° 75 : LES STRIP-TEASEUSES DU PETIT ÉCRAN
* N° 76 : LES MAÎTRESSES FEMMES DE SAINT-TROPEZ
N° 77 : LE RODÉO DU PLAISIR
N° 78 : LES PROIES DU COMMANDO
N° 79 : LA FEMME-FAUCON
N° 80 : LA TIREUSE D'ÉLITE
N° 81 : LES VOIX DU DÉSIR
N° 82 : LES TAXIS DE L'AMOUR
N° 83 : L'ALLUMEUSE
N° 84 : MAÎTRE ET ESCLAVE
N° 85 : GIGOLO STORY
N° 86 : LA CAVALIÈRE DE L'APOCALYPSE
* N° 87 : LES JEUX DÉFENDUS DE LA PRÉSIDENTE
* N° 88 : L'ÉVENTREUR AUX YEUX D'OR
* N° 89 : JEUNE FILLE AU PAIR
N° 90 : L'INCONNU DU TRAIN BLEU
* N° 91 : LA CALL-GIRL DE MONTRÉAL
N° 92 : LA GRANDE BOURGEOISE
* N° 93 : LE PIÈGE ESPAGNOL
* N° 94 : CLUB PRIVÉ
N° 95 : LA SORCIÈRE DE POMPÉI
* N° 96 : VENGEANCE DE FEMME
* N° 97 : LA DEMOISELLE DE PETITE VERTU
* N° 98 : LE VAMPIRE DE BOURGOGNE
* N° 99 : LA CHIENNE DE LUXE
* N° 100 : L'ÉTALON DE SAUMUR
* N° 101 : FIANCÉES SUR CATALOGUE
* N° 102 : LA SIRÈNE DU LOCH NESS
* N° 103 : L'OGRE DE LA BAIE DES ANGES
* N° 104 : LES AMANTS MAUDITS
* N° 105 : LA VÉNUS DE BELLE-ÎLE
* N° 106 : LA BELLE DU CAP D'AGDE
* N° 107 : LE JUSTICIER DU BOIS DE BOULOGNE
N° 108 : ÉCHANGE DE FEMMES

N° 109 : LES NOCES INFERNALES
N° 110 : LA VIE CACHÉE DU BANQUIER
N° 111 : L'APPRENTIE SORCIÈRE
N° 112 : DERNIER ROUND À MARSEILLE
N° 113 : LES JARDINS DU PLAISIR
N° 114 : DÉLIT D'INITIÉE
N° 115 : LE GRAND PRÊTRE DES ARDENNES
N° 116 : LES PASSIONS DU COLLECTIONNEUR
N° 117 : LA PAPESSE D'AVIGNON
N° 118 : LES BALLETS ROSES DE SAINT-MALO
N° 119 : LA LETTRE DE L'ENFER
N° 120 : FANTASIA POUR ROCK STAR
* N° 121 : L'ENRAGÉE DU CERCLE POLAIRE
* N° 122 : LE CLUB DES GIRONDINES
* N° 123 : LA POSSÉDÉE DE SÉVILLE
N° 124 : LA REINE DU SCOOP
* N° 125 : LE TOUR DE FRANCE DU TUEUR DES PLAGES
N° 126 : LA PUCELLE D'ORLÉANS
* N° 127 : LE PARC AUX LOUPS
* N° 128 : LA RELIGIEUSE DE BUDAPEST
* N° 129 : LES DÉLIRES DE L'INSOMNIAQUE
* N° 130 : LA LOLITA DU TGV
* N° 131 : LES CHASSES DE LA GRANDE CHARTREUSE
* N° 132 : LA DAME DE SHANGHAI
* N° 133 : LA LOI DU TALION
* N° 134 : LE BON PLAISIR DU ROI
N° 135 : LES NUITS BLANCHES DE SAINT-PÉTERSBOURG
N° 136 : UN CIRQUE D'ENFER
N° 137 : LES FRASQUES DU NOTAIRE
* N° 138 : RÉSEAU EXTRA-CONJUGAL
* N° 139 : NOTRE-DAME DE CHARTRES
* N° 140 : LES FAVORITES DU GRAND TURC
N° 141 : L'ARCHANGE DE FLORENCE
N° 142 : LE FANTÔME DE L'OPÉRA
N° 143 : LA DAME DE COMPAGNIE
N° 144 : LE CHOUCHOU DE LA PROF
* N° 145 : SIMPLE DAMES À ROLAND-GARROS
N° 146 : PARFUM DE STAR
* N° 147 : DÉRAPAGE EN FORMULE 1
N° 148 : LES CHARMES DU BIZUTAGE
N° 149 : POUPÉES SLAVES SANS VISA
N° 150 : LES CHAÎNES DE LA PASSION
N° 151 : NOBLESSE OBLIGE
N° 152 : L'HOMME EN NOIR
N° 153 : PAQUET-CADEAU POUR GENTLEMEN
N° 154 : DANSEUSES À DOMICILE
N° 155 : LE FAUVE DE L'OMBRE

N° 156 : LA SCANDALEUSE DE LA CROISETTE
N° 157 : LE SAUVAGE DE LA FRANCILIENNE
N° 158 : BACCHANALES POUR UN MUTANT
N° 159 : LE COUP DU PLAGISTE
N° 160 : LE CALVAIRE DE CHARLES-HENRY
N° 161 : LA PIEUVRE DE BIARRITZ
N° 162 : LES DÉBORDEMENTS DE M. LE MAIRE
N° 163 : LE BOUCHER DE LA RUE DES ÉCOLES
N° 164 : LA VIERGE ÉTERNELLE
N° 165 : LE FEU DES ENCHÈRES
N° 166 : LA NURSE DU PROMOTEUR
N° 167 : LA PETITE REINE DU TOUR
N° 168 : LE DÉMON DE MINUIT
N° 169 : LA VESTALE DU TEMPLE LUNAIRE
N° 170 : SECRETS DE FAMILLE
N° 171 : LA DRAG-QUEEN DE WESTMINSTER
N° 172 : LE COMPLOT DES VEUVES
N° 173 : LE PONT DES SOUPIRS
N° 174 : LE BAL DES SORCIÈRES
N° 175 : LES SŒURS DIABOLIQUES
N° 176 : BONS BAISERS DE ROISSY
N° 177 : BAGATELLE POUR PHOTOGRAPHE
N° 178 : LA DEÉSSE DE KATMANDOU
N° 179 : MIRAGE POUR PRIX DE BEAUTÉ
N° 180 : LES AVENTURIÈRES DU TROPHÉE PERDU
N° 181 : LA GRIFFE DE L'ANGE
N° 182 : CYCLONE À L'ÎLE MAURICE
N° 183 : LA MORSURE DU RENARD
N° 184 : LA PASSE SECRÈTE DU TORERO
N° 185 : LE PHILTRE D'AMOUR
N° 186 : LE TRAQUENARD INDONÉSIEN
N° 187 : LE SEIGNEUR D'AUDIERNE
N° 188 : LA CLINIQUE DU DOCTEUR MOREAU
N° 189 : LA MASCOTTE DU MONDIAL
N° 190 : LA FEMME INTERDITE
N° 191 : LE COUP DE FOLIE D'EMMANUELLE
N° 192 : LE MUSÉE SECRET
N° 193 : GEISHA SUR CANAPÉS
N° 194 : ESCAPADES PRÉSIDENTIELLES
N° 195 : LE LOUP DANS LA BERGERIE
N° 196 : LES BICHES DE RAMBOUILLET
N° 197 : LA PISTE DE LA FÉLINE

MICHEL BRICE

BRIGADE MONDAINE

LE FIL DU RASOIR

VAUVENARGUES

Les dossiers Brigade Mondaine de cette collection sont fondés sur des éléments absolument authentiques. Toutefois, pour les révéler au public, nous avons dû modifier les notions de temps et de lieu ainsi que les noms des personnages.

Par conséquent, toute ressemblance avec des personnes existantes ou ayant existé serait totalement involontaire et ne relèverait que du hasard...

ISBN 2-7443-0316-X

CHAPITRE PREMIER

La longue main bronzée de Marco, dans l'obscurité, se dressa, brandissant une bombe de mousse à raser.

— Tu n'es pas obligée d'accepter, tu sais, murmura-t-il d'une voix très douce tandis qu'un sourire, dans l'ombre, faisait étinceler sa dentition parfaite. Tu peux encore réfléchir…

Sa voix se radoucit encore.

— Et puis finalement, même si tu ne veux pas, ça ne nous empêchera pas de rester copains, je peux te rassurer tout de suite…

Allongée sur le duvet, la fille se cabra. Copains ! C'était un mot qu'elle détestait. Surtout s'il s'agissait de copinage avec un type pareil. Un homme beau comme un dieu, avec un regard doré comme de l'ambre, tandis que le blanc de ses yeux était quasiment bleu porcelaine. Marco avait des yeux qui la fascinaient, qui l'hypnotisaient. Marco comment, déjà ? Elle ne le savait même plus. Il avait dû le lui dire, mais elle l'avait oublié, elle s'en foutait éperdument. Elle l'adorait, elle était folle de lui comme elle ne l'avait jamais été de personne, et le reste ne comptait plus. Même Théo, son amant régulier, avait presque plongé dans les oubliettes depuis qu'elle connaissait Marco. De toute façon, entre Théo et elle, ça n'allait plus depuis quelque temps. Elle en avait plus que marre de le voir hésiter à quitter Aurélie, sa femme, pour vivre avec elle. Elle l'avait mis vingt fois au pied du mur. Et, vingt fois aussi, il lui avait promis de parler à Aurélie. Et vingt fois il ne l'avait pas fait. Elle allait le plaquer. Surtout maintenant qu'il y avait Marco. C'était comme une tornade de désir qui l'emportait vers cet homme, et elle se sentait entraînée dans un véritable tourbillon.

Le pire, c'est qu'il ne l'avait même pas touchée depuis deux jours. Alors qu'ils dormaient ensemble, depuis deux jours également, sous la même tente. La première nuit, elle s'était mise nue, sous ses yeux, carrément toute nue, à la lueur de la petite lampe à pétrole qu'il avait disposée entre leurs deux sacs de couchage, et, cambrée, mains sur les hanches, cuisses un peu écartées, sûre de sa beauté et de sa séduction, elle avait attendu qu'il se jette sur elle.

Mais il ne s'était rien passé, elle avait même cru lire comme une espèce de lueur de panique dans son regard, tandis qu'il la regardait, qu'il parcourait des yeux son corps parfait. Qu'est-ce qu'il avait ? Il était malade ? Impuissant ? Il avait peur ? Il était *gay ?* Elle s'était complètement trompée sur son compte ? Pas le moins du monde, lui avait-il dit le lendemain, quand elle l'avait carrément questionné, après une nuit à dormir côte à côte comme frère et sœur. Ils étaient entièrement rhabillés, tous les deux, à ce moment-là, et, pour bien lui montrer qu'il « fonctionnait » à la perfection, il lui avait pris la main droite et il l'avait posée à la base de son ventre, entre ses cuisses, là où ses jeans étaient distendus par une érection que l'on devinait imposante. Bon, d'accord, il bandait. Mais alors ? Où était le problème ?

— Je t'expliquerai, avait-il dit d'un air presque timide, comme s'il dissimulait un terrible secret.

Il avait fini, cette nuit, par lui expliquer, et elle était tombée des nues. Ça n'était que ça ? Un petit caprice. Une fantaisie toute bête. Une « perversion », auraient dit les puritains, mais Esméralda se moquait pas mal du puritanisme et de la morale. Elle était née tout à la fin des années soixante-dix, à une époque où l'Occident avait déjà jeté par-dessus les moulins la plupart des interdits qui avaient structuré, pendant des siècles, la civilisation « judéo-chrétienne », comme on dit. Le monde d'avant, elle n'arrivait même pas à s'en faire une idée. Les années cinquante ou soixante, c'était pour elle plus lointain que les fresques de Lascaux. Qui n'étaient, entre parenthèses, qu'à une quarantaine de kilomètres d'ici, puisqu'on se trouvait en plein Périgord, à deux pas des rives de la Vézère, tout près d'un petit patelin perdu au nom typiquement périgourdin : Saint-Michel-de-Croissac. Un minuscule village aux façades dorées et aux toits couverts de lauzes, tout au bout d'une route de campagne serpentant à travers une forêt dense de châtaigniers, de chênes-lièges et de sapins. Au cœur du Périgord noir, comme on l'appelle curieusement, c'est-à-dire entre la Dordogne et la Vézère. Une région merveilleusement lumineuse, malgré son nom, mais Esméralda n'avait guère eu l'occasion d'en profiter. Depuis son arrivée ici, l'avant-veille au soir, il pleuvait presque sans discontinuer. Un véritable déluge. Qui ne décourageait pas le moins du monde, d'ailleurs, les milliers de participants de la fête géante qui se déroulait à quelques centaines de mètres de leur tente, dans l'arène majestueuse d'une ancienne carrière de pierre. Une fête dont les grondements et le vacarme formidable faisaient littéralement trembler toute la région.

La voix de Marco s'éleva de nouveau, toujours aussi douce.

— Alors tu veux bien ? murmura-t-il.

Si elle voulait, Esméralda ? Mais elle ne voulait que ça ! Elle voulait tout ce qu'il voulait ! Les pires folies, les plus extravagantes dingueries, pourvu qu'après il la prenne, enfin, comme elle en rêvait depuis qu'elle l'avait rencontré. Elle ouvrit la bouche pour répondre que oui, elle était d'accord pour tout, vraiment tout, mais qu'on passe enfin aux choses sérieuses, et le plus vite possible. Dans sa tête, cette phrase se forma parfaitement, mais il ne sortit d'entre ses ravissantes lèvres parfaitement ourlées qu'un balbutiement informe, presque incompréhensible. Elle ne s'en rendit même pas compte. Elle était beaucoup trop « partie » pour garder encore la moindre lucidité sur ce qui se passait en elle et autour d'elle. Elle ne repéra même pas le mince sourire qui tremblait, à cet instant précis, sur le long visage de Marco.

Lui, ce qui se passait exactement, il le savait à la perfection. Et pour cause…

De toute façon, elle disait oui, et il ne pouvait pas non plus l'ignorer. Elle était là, sur le duvet, dans l'obscurité de la tente, littéralement tremblante de désir, pantelante, ouverte de partout, bras et jambes à l'équerre. Ses beaux et longs cheveux noirs bouclés, aile de corbeau, étaient répandus sur la couette, autour d'un visage à l'ovale parfait où étincelaient ses yeux magnifiques d'un bleu de silex. Des yeux un peu fixes, un peu exorbités aussi, il fallait bien l'avouer : un effet du cocktail plutôt détonant d'ecstasy et de somnifère [1], mêlé à du whisky, qu'elle avait pris tout à l'heure, sur les conseils de Marco. Pour mieux « planer », disait-il. Et pour planer, en effet, on pouvait dire qu'elle planait…

Le regard du jeune homme effleura les courbes pleines du corps d'Esméralda. À ses tempes, le sang

1. Certains somnifères de la classe des benzodiazépines sont consommés par les jeunes en mal de sensations fortes dans des fêtes, notamment les rassemblements techno, les raves. Avec des effets qui peuvent se révéler désastreux (coma brutal, crise cardiaque).

battait avec violence, malgré le calme qu'il affichait. Il était encore temps de tout arrêter. Il pouvait la laisser là et disparaître comme il était venu, et jamais elle ne le retrouverait. Elle aurait des regrets, sûrement. Mais jamais non plus elle ne saurait à côté de quel danger elle était passée.

Ses yeux d'ambre foncèrent brusquement. Son regard avait stoppé à hauteur du ventre de la fille. Juste au-dessous de son nombril, s'étalait une forêt dense et drue, étonnamment bouclée, épaisse, un buisson triangulaire d'un noir luisant qui remontait en fin duvet vers le nombril, et, plus bas, foisonnait en bouclettes entre les cuisses rondes de la fille, tout le long d'un sexe tendre et rose, légèrement entrebâillé comme un bel abricot tout luisant de rosée.

Il grimaça imperceptiblement. Cette forêt pubienne luxuriante, que d'autres hommes auraient sûrement trouvée délectable, à lui elle lui faisait horreur. Elle s'interposait entre le sexe d'Esméralda et lui comme un obstacle. Il fallait qu'il l'en débarrasse avant de la posséder. On ne se refait pas. Depuis toujours il était phobique. Phobique des toisons féminines tout particulièrement. Phobique aussi d'ailleurs, plus généralement, de tout système pileux. Il avait lui-même le crâne totalement rasé, luisant comme une belle pierre polie. Et le reste était à l'avenant : pas de poils sur la poitrine, jambes et fesses parfaitement épilées. Une « nudité » qu'il entretenait avec un soin maniaque dans un institut de beauté dont il était l'un des meilleurs clients. Résultat, son long corps naturellement bronzé était lisse et doux, du haut jusqu'en bas, comme une peau de bébé. Sans que cela lui ôte rien, d'ailleurs, de sa virilité…

La fille était complètement partie, consentante. Haletante aussi. Une respiration précipitée creusait sa cage thoracique et faisait saillir ses beaux seins dont les pointes roses dardaient. Il la regarda encore un instant, puis jugea qu'il aurait été inhumain de la faire attendre plus longtemps. Il pressa la bombe de mousse à raser, et la toison pubienne d'Esméralda disparut sous des bouillonnements blancs et crémeux. Avec lenteur, il étala la mousse dans tous les coins, veillant surtout à en répandre le long des lèvres intimes de la fille, entre ses cuisses.

Puis il s'empara d'un rasoir. Un superbe rasoir à l'ancienne, avec une longue lame à la courbe pleine d'élégance et un manche en ivoire qu'on avait bien en main.

La lame étincela sous la lueur de la lampe à pétrole posée entre les sacs de couchage tandis qu'il l'abaissait vers le ventre de la fille.

Il aurait pu utiliser de la cire à épiler, mais ce qu'il adorait par-dessus tout c'était entendre crisser le tranchant du rasoir contre la peau délicate d'une femme, tandis qu'il la débarrassait de sa pilosité intempestive.

Un plaisir dont rien n'approchait à ses yeux, vraiment rien, même pas le viol, dont il était pourtant aussi un adepte farouche, dans certaines circonstances particulières.

La lame du rasoir entra en contact avec la chair du ventre d'Esméralda. Celle-ci tressaillit. Un très léger raclement se fit entendre, tandis que la mousse repoussée s'accumulait en flocons le long de la lame.

Dehors, dans la nuit, la musique de la fête, à quelques dizaines de mètres, avait depuis longtemps dépassé les limites du supportable.

*
* *

— Cassé… Chuis cassé… Chuis complètement cassé, tu vois, mon vieux…

Fabrice Denizot oscillait de groupe en groupe, parfaitement insensible au bruit comme à la pluie qui continuait obstinément à mitrailler la fête. Il avait depuis belle lurette perdu tout sens de la réalité. Et il s'en moquait éperdument. Slalomant dans la foule, il était à la recherche d'une nouvelle pilule d'ecstasy. Prêt à claquer les cent cinquante francs qui lui restaient pour s'en payer une. Ensuite, comment est-ce qu'il ferait pour regagner Paris ? Il n'en avait pas la moindre idée. Il ne se posait même pas la question.

Tout autour, dans la nuit fouettée de pluie, à la lueur des projecteurs superpuissants, c'était un fantastique spectacle de bacchanale. Plus de quinze heures déjà que la fête battait son plein, et ce n'était pas fini, loin de là. Une fête aux sonorités extraordinaires, presque monstrueuses, et dont le bruit s'entendait à des kilomètres à la ronde. Dans l'immense cirque dessiné par cette carrière désaffectée de Roc-Sirac, à proximité du village de Saint-Michel-de-Croissac, ils étaient des milliers à s'être rassemblés en pleine forêt, venus des quatre coins de la France et même d'Europe, pour participer à ces trois jours et trois nuits de musique techno. Un vrai marathon de décibels infernaux. Quinze sonos différentes, alimentées par des groupes électrogènes, étaient disposées dans différents coins de la carrière. Attirés par les enceintes acoustiques géantes posées à même le sol, comme des papillons par la lumière, les participants se pressaient, secoués en cadence par des musiques agressives, plus violentes les unes que les autres. Littéralement possédés, hypnotisés par le battement impitoyable des disques techno, certains dansaient sur place. D'autres oscillaient, les yeux fermés, tête renversée en arrière, presque sans bouger, comme saisis d'une espèce de transe religieuse. Ceux qui étaient le plus bourrés d'ecstasy – d'ecsta comme on dit – on les repérait à la mini-bouteille d'Évian qu'ils avaient en main en permanence, pour éviter la déshydratation. Ils étaient aussi les seuls à pouvoir se tenir à un centimètre des pulsations démentes des enceintes. De toute façon, ils ne sentaient plus rien depuis longtemps. Entre eux et la musique, ils ne faisaient même plus la différence. Fabrice Denizot était de ceux-là.

Comme beaucoup d'autres, il était arrivé de Paris vendredi soir, et n'avait pratiquement pas dormi depuis. Du voyage, il avait presque tout oublié. À peine se souvenait-il du type qui les avait embarqués, un copain d'Esméralda. Un grand maigre avec le crâne chauve comme un œuf. Combien étaient-ils dans la Range Rover de ce dernier ? Quatre ? Cinq ? De vagues connaissances. Des garçons et des filles de son âge entr'aperçus dans d'autres raves, et aussi dans des boîtes techno de la Bastille. Il n'y avait qu'Esméralda avec qui il était véritablement lié. Mais Esméralda, il l'avait perdue de vue presque tout de suite après leur arrivée ici. Où est-ce qu'elle était passée ? Sans doute en train de se faire sauter par le type au crâne chauve. La salope… Il aurait drôlement aimé, Fabrice Denizot, être à la place de celui-ci. Seulement voilà : il n'était pas de taille. Il avait dix-neuf ans, le même âge qu'Esméralda. Et Esméralda n'aimait que les vieux. Les types qui avaient dépassé la trentaine. Elle ne crachait même pas sur les quadragénaires, cette garce, puisque son amant régulier avait quarante-cinq ans. Un crève-cœur pour Fabrice qui était amoureux d'Esméralda depuis le lycée, depuis qu'en troisième ils s'étaient retrouvés dans la même classe.

— Cassé… Chuis cassé… Complètement cassé…

Il errait toujours de groupe en groupe comme un zombi. Le vacarme de la musique, la cohue, l'excitation, et même cette pluie qui n'arrêtait pas, tout cela le mettait littéralement hors de lui, comme dans un état second. Il leva la tête. Les flancs de la carrière avaient été décorés de grosses guirlandes aux couleurs extraordinaires, psychédéliques, qui étincelaient sous les éclaboussements de lumière des méga-projecteurs. Là-haut, au sommet des falaises à pic de quinze à trente mètres qui surplombaient le site et le cernaient comme une arène, on devinait des silhouettes agglutinées. Des ravers s'y étaient installés. Avec toute cette foule en contrebas qui grouillait et s'agitait, le spectacle devait être dantesque, à l'image de certaines anciennes gravures médiévales représentant des damnés en train de se tordre dans les flammes de l'enfer. Sauf que les flammes, ici, étaient remplacées par les musiques tonitruantes ; et qu'il ne s'agissait pas de damnés, mais de jeunes venus de partout, aussi bien de Bretagne que d'Île-de-France, d'Alsace, de Savoie ou des Alpes-Maritimes, et de plus loin encore, d'Allemagne ou d'Angleterre, pour participer à un vaste rassemblement techno qui devait durer trois jours et trois nuits sans interruption. Fabrice remarqua que certains essayaient de faire décoller des cerfs-volants. D'autres dansaient sur place, au rythme des musiques qui jaillissaient du fond de la carrière comme de la lave d'un volcan.

En bas, les participants en extase s'agglutinaient en une masse confuse, presque indistincte, qu'une houle violente semblait secouer sans cesse. Et il se dégageait de tout ça quelque chose d'envoûtant, comme l'impression d'une force brute que rien jamais ne pourrait arrêter.

« Pacifisme » : c'est pourtant l'esprit dans lequel les organisateurs de raves affirment que se déroulent ces nuits dont ils ont la responsabilité. La fête du Roc-Sirac avait été placée, elle aussi, sous le signe de ce « pacifisme » assez paradoxal, à vrai dire, quand on prenait en compte l'aspect littéralement guerrier des bombardements de la sono. Ainsi que les quelques affrontements qui s'étaient déjà produits, depuis le début des festivités, avec des riverains exaspérés de ne pas pouvoir dormir pendant un week-end entier.

— Cassé… Chuis cassé…

Fabrice continuait à se déplacer à la façon d'un zombi et à parler tout seul. Comme toutes les autres raves, le rassemblement du Roc-Sirac avait été enveloppé de mystère. C'est à Paris, dans une boutique techno du XVIIIe arrondissement, que dès mercredi lui et ses copains avaient appris qu'une grande fête allait se dérouler au cœur du Périgord, à une quarantaine de kilomètres de Lascaux. La rumeur, très vite, était devenue certitude : mieux qu'une simple fête techno, il s'agirait d'un Technival, autrement dit d'un festival techno en jargon d'initiés, une fête géante en forme de marathon qui allait durer trois jours et trois nuits sans discontinuer. À l'affût, prévenus par les circuits codés qui leur étaient familiers, informés par le biais du Minitel, par Internet, par la *techno line* téléphonique ou encore par ces *flyers* [1] qui sont distribués clandestinement dans certaines soirées, ils avaient dû attendre le dernier moment pour connaître le lieu exact des réjouissances. À partir de là, bien sûr, et comme d'habitude, une course de vitesse s'était engagée entre les jeunes et les autorités locales. En même temps que les ravers, les forces de gendarmerie de la région avaient découvert le lieu exact de la fête : la carrière désaffectée du Roc-Sirac, à deux pas du village de Saint-Michel-de-Croissac. Un endroit plutôt dangereux, avaient jugé les gendarmeries concernées, qui avaient décidé de tout mettre en œuvre pour que la fête n'ait pas lieu. Contacté, le propriétaire de la carrière avait même fait creuser précipitamment un fossé de cinq mètres de large, à l'entrée du site, dans l'espoir d'en interdire le passage aux organisateurs du Technival.

1. Sortes de tracts annonçant les rave-parties.

Peine perdue. Dans la soirée de vendredi, lorsque étaient apparus les premiers *travellers* (ainsi appelle-t-on les responsables de fêtes techno qui sillonnent l'Europe au volant de leurs « camions sono », encore nommés *sound-systems*), ni les précautions prises pour leur barrer la route, ni la présence de gendarmes à proximité de la carrière n'avaient pu les arrêter. Après avoir comblé le fossé avec des pierres, puis en avoir égalisé la surface à l'aide de tôle ondulée, les véhicules des organisateurs s'étaient engagés dans le long chemin de terre bordé d'arbustes qui conduisait au site sur lequel ils avaient jeté leur dévolu.

À peine ces derniers avaient-ils mis en marche les multiples groupes électrogènes destinés à alimenter des projecteurs, ainsi bien sûr que d'énormes enceintes acoustiques, que déjà, arrivaient les premiers groupes de participants. En quelques heures, les voitures s'étaient alignées sur plusieurs kilomètres. Et la musique techno avait commencé à jaillir avec une brutalité fantastique, propulsée par quinze sonos différentes installées dans divers coins de la carrière, une musique inouïe, assourdissante, d'une violence de fin du monde, et qui jetait la panique dans tous les villages alentours. Plus question de dormir à dix kilomètres à la ronde ! Pour toute la région, l'enfer commençait. Et les habitants n'allaient plus cesser de harceler par téléphone les gendarmeries du coin pour les supplier d'interrompre ces apocalypses de décibels.

En vain, bien entendu. La fête avait commencé, et les autorités, désormais, étaient quasiment impuissantes. Le flot des *techno kids*, comme on les appelle, ne cessait de s'accroître. Population bigarrée, garçons et filles aux cheveux peints de toutes les couleurs, ils dansaient à proximité des enceintes, allaient se reposer autour d'un des innombrables feux de bois qu'on avait allumés un peu partout, ou se restauraient dans les baraques à frites, à beignets et à crêpes qui s'étaient montées en toute hâte. Sur les pourtours de la carrière, des stands proposaient piercing, tee-shirts psychédéliques, smart drinks. Au plus creux de la nuit, certains tombaient de fatigue et se recroquevillaient dans un sac de couchage ou sous une tente. D'autres, affalés dans les bosquets, faisaient tourner des « pétards ». L'endroit prenait des allures de gigantesque fumerie d'opium en plein air. Mais il circulait encore bien d'autres choses, des tas de produits de synthèse issus de la pharmacopée psychiatrique et bricolés par des petits chimistes ingénieux : ecstasy bien sûr, mais aussi poppers, Rohypnol, Témazépam, Kétamine, etc. On trouvait de tout, dans l'arène du Roc-Sirac : une drogue pour dormir, une autre pour se réveiller, une troisième pour se sentir amoureux… Sans compter les cocktails de neuroleptiques ou de barbituriques et d'amphétamines destinés à vous donner ces impressions vertigineuses – et plutôt risquées pour la santé – que les spécialistes nomment « l'effet Grand Huit »…

— Cassé… Chuis cassé…

Sous la pluie battante, dégoulinant, insensible aux intempéries, Fabrice continuait à répéter la même phrase, comme une âme en peine, sans s'adresser vraiment à qui que ce soit. Jusqu'à ce qu'un type aux cheveux vert pomme l'attrape enfin par la manche de son blouson.

— T'as de l'ecstasy ? bafouilla Fabrice en relevant vers lui un regard vitreux.

— J'ai pas d'ecsta, mais j'ai mieux. Tu as entendu parler de la bouteille de Coca ?

Fabrice avait entendu parler, évidemment, mais il n'avait jamais essayé. Sur une grande bouteille à moitié pleine, on retourne le bouchon et on le perce. On y fait brûler un somnifère préalablement pilé, et on aspire les vapeurs par un trou percé dans la paroi de la bouteille. La drogue monte directement au cerveau. C'est le flash immédiat.

— Combien ? bafouilla Fabrice.

— Deux cents, répondit l'autre.

— Je n'ai que cent cinquante, répondit Fabrice.

L'inconnu hocha la tête.

— Tant pis. Je te fais un prix d'ami.

Et il l'attira vers un petit chemin broussailleux qui sortait de la carrière.

— Viens, fit encore le type aux cheveux vert pomme, je vais te faire voir la vie en rose.

Fabrice ne demandait pas mieux. Il lui fallait au moins ça, du Coca-Rohypnol, pour oublier que cette salope d'Esméralda était en train de se faire tirer par un vieux au crâne chauve comme un œuf. Et que lui, Fabrice, il ne l'aurait jamais puisqu'il aurait toujours le même âge qu'elle.

À la suite du type aux cheveux verts, il quitta l'arène des fous, où des milliers de jeunes continuaient à danser, possédés par le délire de la musique, hallucinés, littéralement irradiés par les deux cent cinquante mille watts des différentes sonos.

Sous la tente qu'ils avaient décidé de monter, dès vendredi soir, un peu à l'écart des festivités, Esméralda oscillait, vibrait, envahie d'une sensation de bien-être sauvage et violente, bercée autant par la musique de la fête que par les coups de boutoir que lui donnait l'homme qui la possédait. Elle respirait de plus en plus fort, avec des mouvements saccadés du bassin. Elle se secouait, arquait les reins, lançait son ventre contre le sien dans un puissant mouvement de houle.

L'homme se releva sur les coudes et la regarda. Une des plus belle filles qu'il ait jamais eue, songea-t-il une fois de plus. Et maintenant sans la moindre ombre de toison, sans le plus petit soupçon de système pileux. Ah ! Il avait bien travaillé ! Il était allé chercher dans les coins, pendant plus d'une heure, les poils intempestifs ! Il regarda, un peu plus bas, son propre sexe enfoncé comme un pieu dans la fente ultra-nue d'Esméralda. Un spectacle bouleversant pour lui. Elle était tellement « partie », tellement bourrée de drogue, qu'elle n'avait pas eu peur un seul instant de ce qu'il lui avait fait. Il ferma les yeux, réentendant la lame du rasoir longeant les délicates lèvres du sexe de la fille sans les blesser, dénudant sa peau en douceur, rasant sa chair délicieuse, redonnant à son intimité l'aspect de celle d'une petite fille imberbe. Ah oui, il s'était bien amusé ! Pour finir, il lui avait gentiment demandé de se retourner sur le ventre, et il avait fait la même chose de l'autre côté, entre ses fesses, à l'intérieur de ses fesses qu'envahissait aussi un étonnant tapis de poils noirs qui finissaient en boucles luxuriantes autour du puits de ses reins. Et c'est par là qu'il avait achevé sa besogne, par son orifice le plus secret, le plus étroit, qu'il avait libéré, fronce par fronce ou presque, de la pilosité qui l'entourait. Jusqu'à ce qu'elle soit, par là aussi, intégralement nue.

Ensuite seulement, il s'était allongé sur elle et avait commencé à l'envahir.

Il y avait maintenant près d'une demi-heure qu'il allait et venait dans son ventre. La pluie tombait, résonnant furieusement contre les toiles de tente. La musique techno rugissait sans discontinuer. Là-bas, des milliers de garçons et de filles en transe vibraient au son craché par les enceintes acoustiques. Et lui, patiemment, il était en train de rendre folle une créature qui était à mille lieues de deviner le sort épouvantable qui l'attendait. À présent, il pouvait faire d'elle ce qu'il voulait. Elle avait déjà joui deux fois, mordant son poing droit comme une gosse surprise de ce qui lui arrivait. Il était bien résolu à la faire jouir encore deux ou trois autres fois.

Il s'arrêta brusquement et se retira d'elle tandis qu'elle lâchait un cri de dépit.

— Qu'est-ce qui te prend ? hoqueta-t-elle en se tordant sur elle-même, affreusement frustrée. Tu as joui ?

— Non, dit-il. Pas encore. J'ai envie de reprendre un peu de ça entre deux rounds. Pas toi ?

Il montrait la boîte de pilules de Rohypnol.

— Si tu veux, murmura Esméralda.

Elle s'était rejetée en arrière. Elle ne le vit pas changer de boîte et, dans son sac à dos, prendre d'autres pilules, du Témazépam, un relaxant généralement utilisé pour amortir la redescente d'ecstasy. À condition, bien entendu, de ne pas en abuser. Sinon c'est la crise cardiaque assurée. Rien que dans la seule région de Glasgow, en Grande-Bretagne, il y a deux ou trois ans, on a compté pas moins de cinquante décès dûs à des overdoses de Témazépam au cours de fêtes techno.

Elle ne le regardait pas préparer sa mixture. Elle flottait dans un bien-être total où tout se mélangeait. Le passé n'existait plus. Elle confondait Théo, son amant régulier, et Jean-François Dancourt, son père. Jean-François Dancourt, patron d'Immo-Plus, une grosse boîte d'immobilier qui avait survécu à la crise et, alors que les plus flamboyants des promoteurs des années quatre-vingts tombaient comme des mouches, avait au contraire bâti une fortune impressionnante en profitant du désarroi des établissements financiers – banquiers et assureurs – et en leur rachetant des immeubles entiers à prix bradés. Son père, Esméralda l'avait à peine connu, à vrai dire. Sa mère et lui s'étaient séparés alors qu'elle n'avait pas quatre ans. Depuis, bien sûr, et selon l'expression consacrée, il avait exercé son droit de visite, mais sans zèle particulier. Esméralda était de la génération des parents divorcés. Le manque de père, elle savait ce que c'était. L'image paternelle, dès qu'elle avait été en âge de s'intéresser aux hommes, elle l'avait recherchée à travers tous les types qui lui plaisaient. D'où son désintérêt total pour les garçons de son âge. Cette image paternelle, elle avait cru finalement la trouver chez Théo Galvani. C'était drôle. Dans son souvenir, aujourd'hui, ou plutôt dans le délire au milieu duquel elle flottait, Théo et son père avaient le même visage. Jamais elle n'avait été aussi frappée que cette nuit par leur ressemblance. Théo... Son père... Comme tout ça était loin ! Aussi loin que les études d'histoire de l'art qu'elle devait attaquer à la rentrée prochaine. Ce type presque inconnu d'elle, ce Marco dont elle avait oublié le nom de famille, avait tout changé. Comment l'avait-elle rencontré ? Et quand ? Elle n'arrivait même plus à s'en souvenir. De toute façon, ça n'avait plus d'importance. Il était là, avec elle, il avait des yeux merveilleusement dorés et un sexe bouleversant d'efficacité, il lui faisait l'amour divinement, elle l'adorait, et elle allait larguer Théo dès leur retour à Paris.

— Tiens, murmura Marco, bois. Ça va te faire du bien...

Il lui tendait un verre de whisky dans lequel il avait dilué des gélules pilées. Combien ? Elle ne songea même pas à se le demander. Elle avala le verre, les yeux fermés, puis se rejeta en arrière, cuvant une merveilleuse béatitude.

L'instant d'après, Marco la réenvahissait. Les yeux clos, poussant de légers cris aigus, elle se mit à battre des jambes, comme saisie de transes irrépressibles. Elle jouissait très vite, très facilement, il l'avait déjà remarqué. Et elle avait à chaque fois comme un air d'étonnement, comme si elle ne comprenait pas ce qu'il lui arrivait.

Il accéléra.

« Une gamine, se dit-il avec une sorte d'émotion. Ce n'est qu'une gamine… »

C'était drôle. À la pensée de la machine infernale qu'il venait de mettre en marche, il en ressentait presque des remords. Des remords idiots, bien sûr. De toute façon, même s'il l'avait voulu, il n'aurait rien pu arrêter maintenant.

Deux heures avaient passé. La pluie tambourinait toujours contre la tente, les pulsations de la musique, là-bas, étaient toujours aussi infernales, mais il en aurait fallu bien davantage pour empêcher Esméralda de somnoler. Saoule d'alcool, gavée de somnifères, elle était allongée en travers du duvet, sur le ventre, le visage complètement disparu sous l'amas de ses beaux cheveux noirs emmêlés. Ce qu'on voyait encore de mieux, dans la pénombre de la tente, c'étaient ses fesses : deux magnifiques volumes d'une rondeur parfaite et d'une blancheur lumineuse. Marco Staner ne pouvait en détourner le regard.

Il avala une poignée de cachous. Il avait horreur de ça, mais depuis qu'il avait cessé de fumer, c'était le seul moyen qu'il avait trouvé pour supporter le sevrage. Il ne croyait pas aux trucs médicaux, aux substituts nicotiniques, aux gommes à mâcher, aux « patchs ». Arrêter de fumer, d'après lui, ce n'était qu'une question de volonté. Et de la volonté il en avait.

Il regarda sa montre. Cinq heures. Le soleil allait bientôt se lever. Il se gratta le nez, qu'il avait assez fort, en lame de couteau, mais d'un dessin parfait, avec une arête mince et rectiligne. Combien de temps, se demanda-t-il, allait-il encore falloir avant qu'Esméralda… Il secoua la tête. Il ne voulait pas prononcer le mot, même intérieurement. Une sorte de pudeur plutôt curieuse, et même comique quand on le connaissait, l'envahissait à l'idée que cette fille, par ses soins, était condamnée à mort. Une innocente… Il hocha la tête. Il n'y a pas d'innocents, en ce bas-monde, on est tous plus ou moins coupables de quelque chose. Son regard doré fit le tour de la tente. Il avait, depuis une demi-heure, ramassé tout ce qu'il possédait, tout ce qui aurait pu constituer plus tard un indice accusateur. Il avait tout rangé dans son unique bagage, un sac à dos de couleur kaki. Restait la tente elle-même, achetée à Paris avant le départ dans un magasin de la rue des Écoles spécialisé dans le camping. Mais là non plus il ne craignait rien : pour cette acquisition, il avait donné de l'argent liquide à Esméralda et, sous un vague prétexte, l'avait laissée aller seule au magasin. Bien sûr, il y avait aussi les copains de la jeune fille, embarqués également dans sa Range Rover. Ils se souviendraient de lui, on pouvait leur faire confiance, ils allaient donner son signalement aux flics. C'était un risque à courir. Il ne pouvait quand même pas les tuer tous.

Il regarda encore sa montre. Cinq heures vingt-cinq. Le temps passait avec une lenteur désespérante. Esméralda respirait toujours régulièrement. Et si le Témazépam n'allait pas faire son effet ? Une vague d'inquiétude l'envahit. Puis il se rassura. Non, avec la dose de cheval qu'il lui avait administrée, elle ne pouvait pas échapper à son sort.

Il était assis au bord du sac de couchage. Ses longues mains hâlées glissèrent jusqu'au postérieur rebondi de la jeune fille, dont elles épousèrent les merveilleuses rondeurs. Il avait encore envie d'elle. Une dernière fois. Une dernière fois et pour toujours. Ou plutôt pour jamais. S'agenouillant entre les cuisses d'Esméralda, il descendit lentement vers sa croupe. Bientôt, la longue colonne de chair de son sexe s'insinua dans le profond sillon des fesses de la fille. Elle dut sentir qu'il était à la recherche de son ouverture la plus étroite, car elle eut, dans son sommeil, un léger soubresaut, et même un « non » étouffé. Mais il lui en aurait fallu plus pour l'interrompre. Avant de la quitter définitivement, il fallait qu'il la prenne par là aussi. Il fallait toujours qu'il prenne les femmes par là, à un moment ou à un autre. Avec Esméralda, il y avait pensé dès qu'il l'avait vue, dans les premiers temps, quinze jours plus tôt, quand il préparait son plan de conquête. La draguer, en vérité, n'avait été qu'un jeu d'enfant. Une filature en règle depuis chez elle, rue de Richelieu, et jusque dans les bars où elle retrouvait ses copains, le soir. Et puis, un jour, il l'avait suivie jusqu'à cette boîte techno de la Bastille où il ne lui avait pas fallu plus de dix minutes pour l'emballer. Dans les rafales de la musique, elle fondait littéralement entre ses bras. Il avait même été obligé de la calmer. Il ne voulait pas brusquer les choses. Elle lui avait alors parlé de cette grande rave-party plus ou moins clandestine qui devait se dérouler, deux jours plus tard, quelque part dans le Périgord. Elle avait très envie d'y aller avec quelques copains, mais ni les uns ni les autres n'avait de voiture. Il avait alors proposé de les emmener dans sa Range Rover.

Il poussa un peu plus son avantage entre les fesses de la fille. À deux mains, il lui tenait la croupe très écartée. Comme c'était beau cet orifice palpitant, cette minuscule bouche nue tout au fond du sillon de son postérieur ! D'une poussée, il s'avança encore et entreprit de forcer l'étroit canal. Elle était si resserrée que son membre se courba en arc de cercle. Puis quelque chose sembla céder, et il s'engouffra, glissant en elle comme dans un long tunnel de velours.

Neuf heures trente du matin. Peu après l'aube, la pluie avait miraculeusement cessé. D'un seul coup ou presque, le ciel s'était dégagé, les nuages avaient disparu et un soleil étincelant s'était levé, inondant la carrière où s'agglutinaient toujours des milliers de *techno-kids* gavés de décibels, saoulés de musique et de stupéfiants, bien décidés à aller jusqu'au bout de leurs forces, jusqu'au bout de leur résistance, résolus à faire la fête sans discontinuer. Jusqu'à l'hypnose. Jusqu'à l'épuisement.

Maintenant, brusquement, il faisait chaud, très chaud, une température presque caniculaire. Un soleil de plomb tombait sur les hautes falaises grises décorées de guirlandes psychédéliques. Le battement de la musique était toujours aussi infernal, et la chaleur se faisait de plus en plus impitoyable au fur et à mesure que les heures s'écoulaient. À présent, la plupart des ravers étaient torse nu. Certaines filles avaient jeté leur soutien-gorge par-dessus les moulins. Quelques-unes n'avaient gardé sur elles que leur slip. Et les décibels continuaient à déferler comme des vagues d'acier crachées par un laminoir géant. Sans fin. Jusqu'à l'extase. Jusqu'à la folie.

Dix heures. Dans toutes les gendarmeries de la région, les coups de fil, les plaintes continuaient à affluer. Plusieurs fois déjà depuis l'aube, le commandant de la compagnie de gendarmerie de Bergerac avait survolé en hélicoptère le site du Roc-Sirac, et évalué les chances de ses hommes en cas de débarquement dans la carrière. Bien entendu il y avait des risques, comme toujours dans de pareils cas. Ils allaient déclencher des réactions violentes, peut-être même un début d'émeute. Seulement voilà : il fallait bien faire respecter la loi. Rien que l'occupation de ce site dans la plus totale illégalité en constituait une violation flagrante.

Un peu plus d'une demi-heure plus tard, agissant dans le cadre d'une procédure judiciaire et à la demande du parquet de Périgueux, une cinquantaine de gardes mobiles et de gendarmes prirent enfin position autour de la carrière du Roc-Sirac. La musique y était toujours aussi tonitruante, les danseurs toujours aussi nombreux et les heures qui s'écoulaient sous le soleil impitoyable achevaient de mettre en état d'hypnose les participants du Technival.

Bien décidés à occuper le site jusqu'au bout, c'est à coups de pierres que la plupart d'entre eux accueillirent les gendarmes et les gardes mobiles. Une bousculade indescriptible s'en suivit. Grimpés sur les falaises, certains *techno kids* particulièrement belliqueux, en général vêtus de treillis, balancèrent des cailloux et des cannettes de bière sur les forces de l'ordre. Finalement, sur ordre de leurs supérieurs, et pour ne pas risquer de créer de plus graves incidents qui leur seraient reprochés par la suite, les gendarmes et gardes mobiles battirent en retraite sous les jets de pierres, protégeant leur fuite à l'aide de projections de gaz lacrymogènes. Bilan de l'opération : quatre gendarmes blessés, ainsi qu'une jeune *techno-girl* qu'une pierre égarée avait atteinte, d'ailleurs très superficiellement, à la tempe.

C'est au plus fort de cette bagarre qu'à quelques dizaines de mètres de là, dans sa tente, Esméralda Dancourt émergea brièvement du coma dans lequel elle était plongée depuis déjà longtemps. Par un ultime sursaut de sa volonté, elle se redressa, sortit de la tente en marchant comme une somnambule, et, intégralement nue, fit quelques pas à travers la clairière où la tente avait été plantée. Le sol encore humide, les branches des arbres qui dégouttaient de la pluie de la nuit, tout cela ne lui faisait rien. Elle ne sentait rien. Rien qu'une douleur lourde qui lui semblait logée entre ses sourcils, une douleur pesante qui l'engourdissait tout entière. Où était-elle ? Que fabriquait-elle, dans le plus simple appareil, au milieu de ces arbres dont les silhouettes lui semblaient reculer au fond d'une étrange pénombre verte ? Plusieurs images passèrent dans son cerveau qui se désagrégeait à toute allure sans qu'elle en eût conscience. Elle se revit petite fille, pendant des vacances au bord de la mer. Ou encore dans les bras de son père, quelque part en montagne. Puis ces images s'effacèrent. Remplacées par celles d'un homme au crâne parfaitement lisse, totalement rasé. Un gémissement sortit alors d'entre ses lèvres et elle articula distinctement :

— Marco.

Elle eut ensuite l'impression que son cerveau était bourré d'une substance laineuse qui interdisait à la moindre image, à la moindre pensée de se frayer un passage.

Elle se trouvait à ce moment-là entre deux chênes-lièges, au bord d'un ravin dans lequel, tête la première, elle chavira et mourut aussitôt.

Il était alors dix heures trente. À ce moment précis, au volant de sa Range Rover, Marco Staner s'envoyait une poignée de cachous. Il fonçait depuis des heures sur l'autoroute A10 en direction de Paris. Il avait dépassé Châtellerault, il allait bientôt atteindre Blois. À ce moment-là, il ne serait plus qu'à cent quatre-vingts kilomètres de la capitale. Où l'attendait la suite des événements, c'est-à-dire la liquidation de Théo Galvani. L'amant d'Esméralda.

*

* *

C'est seulement lundi, en début d'après-midi, quand les derniers ravers eurent quitté la carrière du Roc-Sirac, qu'une centaine de gendarmes réinvestirent les lieux enfin rendus au silence et en commencèrent le ratissage systématique. Le site était transformé en un incroyable dépotoir. Des tonnes de détritus l'envahissaient. Papiers gras, vieilles chaussettes, canettes de bière, tablettes de médicaments, seringues, shiloms [1], pipes à eau, et même une cinquantaine de cocktails Molotov furent ramassés par les forces de l'ordre dans la carrière et à ses alentours. Les cocktails Molotov, surtout, les impressionnèrent. C'étaient de véritables explosifs prêts à l'emploi, planqués en différents endroits de la carrière. Les gendarmes frémirent à l'idée que certains participants de la fête encore plus surexcités que les autres auraient pu les utiliser contre eux, la veille, quand ils avaient tenté leur débarquement avorté.

Mais ce qui les impressionna encore bien plus ce fut, quelques minutes plus tard, la découverte du cadavre d'une jeune fille, recroquevillée sur elle-même, gisant dans un ravin au milieu des ronces.

La rave sauvage du Roc-Sirac avait tourné au tragique.

Est-ce qu'elle avait succombé à une overdose ? Son corps, en tout cas, ne présentait pas de traces de coups ni de blessures, mais ce serait à l'autopsie de répondre à cette question. Pour le moment, ils pouvaient constater qu'elle était morte nue, et c'était un détail qui méritait déjà qu'on y réfléchisse.

L'autre détail étrange, c'était son sexe parfaitement glabre, totalement épilé ou rasé.

Encore quelque chose qui donnait à penser.

Sous une tente, à proximité du cadavre, ils trouvèrent sans difficulté les affaires de la jeune fille et surtout ses papiers d'identité.

Elle s'appelait Esméralda Dancourt, elle avait dix-neuf ans et elle était domiciliée à Paris, rue de Richelieu.

---

1. Pipes à cannabis en bambou.

CHAPITRE II

Charlie Badolini, commissaire divisionnaire et chef de la Brigade Mondaine, jaillit de son fauteuil Empire, contourna son bureau et cavala vers les fenêtres, au fond de la pièce, qu'il ouvrit en grand. Depuis deux jours, on crevait de chaleur. Une étonnante canicule s'était abattue sur Paris. En un rien de temps, les robes d'été les plus dénudées avaient fleuri sur les trottoirs et aux terrasses des cafés. Après des mois de pluie et de froid, le printemps débarquait avec une brutalité dont d'ailleurs personne ne songeait à se plaindre.

— Où en étions-nous ? interrogea Charlie Badolini après qu'il eût réintégré son fauteuil.

En face de lui, également dans un fauteuil Empire, dans le bureau directorial du 36 quai des Orfèvres, au deuxième étage, le capitaine de police Aimé Brichot, chauve incurable, moustachu, regard légèrement masqué derrière les verres de ses lunettes de myope.

— Vous me demandiez où se trouvait Boris Corentin, patron, fit Brichot. Et je vous répondais que je n'en savais malheureusement rien. Je crois qu'il termine l'affaire Miss Monde, mais j'ignore où il en est…

C'était une histoire plutôt délicate, une reine de beauté, une fille sculpturale et ravissante prénommée Carla, qui affirmait avoir été violée par un agent de voyage, alors qu'il était censé la conduire à Roissy d'où elle devait prendre un avion pour les États-Unis. L'agression, selon elle, avait eu lieu dans la BMW du type, entre Paris et Roissy, dans une banlieue qu'elle était incapable de situer. Il faisait nuit, ce jour-là, et il pleuvait. Par-dessus le marché Carla, d'origine italienne, ne connaissait rien des environs de Paris. Toujours est-il que l'agent de voyages avait quitté l'autoroute et s'était embarqué dans un faubourg quelconque. Là, dans une ruelle sombre et déserte, il avait arrêté la voiture. Le temps que la jeune femme, installée à l'arrière, réagisse, il l'avait déjà rejointe et s'était jeté sur elle. Carla avait beau être immense – près d'un mètre quatre-vingts –, elle ne faisait pas le poids face au voyagiste dont les forces étaient décuplées par la convoitise. D'autant que celui-ci avait sorti de sa poche un couteau et en menaçait la jeune femme. Puis, avec du ruban adhésif, il lui avait attaché les poignets et l'avait bâillonnée. Enfin, il l'avait allongée sur la banquette, retournée sur le ventre, et, après lui avoir arraché son pantalon, avait entrepris de la posséder avec la dernière sauvagerie. Deux heures durant, d'après ce que disait Carla, il avait abusé d'elle et lui avait fait subir les derniers outrages. Puis il l'avait débarrassée de son bâillon et lui avait fait promettre de ne pas aller à la police pour porter plainte. Promesse qu'elle s'était empressée, bien entendu, de ne pas tenir.

L'histoire ne serait certainement pas tombée entre les mains du commandant de police Boris Corentin, l'un des as des Affaires Recommandées, la section à hauts risques de la Brigade Mondaine si, trois semaines après le viol présumé, Carla n'avait décroché le titre de Miss Monde. Au moment de l'agression, en effet, cette ravissante jeune femme à la magnifique crinière noire, aux grands yeux sombres, au long corps élancé, était encore une inconnue qui travaillait comme mannequin pour plusieurs agences internationales. Trois semaines plus tard, elle s'envolait pour les Seychelles où elle devait concourir pour le titre de Miss Monde. Entre-temps, elle avait fait appel, pour son malheur, à un nommé Coulomb, voyagiste de son état rue Royale, qui ne s'était pas montré insensible – c'était le moins qu'on pouvait dire – à la beauté de sa cliente. Arrêté, puis relâché faute de preuves, Coulomb s'était débattu comme un beau diable, avait protesté de son innocence et juré ses grands dieux qu'il n'avait pas abusé de Carla. Cela dit, il ne niait pas avoir eu avec elle des rapports sexuels. Mais c'était elle, d'après ses déclarations, qui l'avait « cherché ». Et la chose ne s'était pas passée dans une voiture, mais chez lui.

Et voilà que, pour le plus grand malheur de Coulomb, Carla était devenue une gloire internationale, une star mondiale. Trois semaines avaient suffi pour transformer la petite cover-girl inconnue en reine de beauté, presque en déesse. Aux Seychelles, la jeune femme avait triomphé de quatre-vingt-cinq concurrentes venues du monde entier, et c'est sur sa belle chevelure noire que s'était posée la couronne qui la consacrait « la plus belle fille du monde ». Devenue en quelques minutes célèbre dans le monde entier, elle méritait des égards tout à fait spéciaux. Et sa mésaventure devenait, aux yeux des autorités françaises, extrêmement « Mondaine ». C'est ainsi que Boris s'était retrouvé en charge de ce dossier. Avec pour mission de découvrir la vérité, c'est-à-dire de trancher entre les versions contradictoire de Coulomb et de Clara.

Il n'avait pas eu très longtemps à chercher. Les antécédents de Coulomb ne plaidaient guère pour lui : par deux fois, dans le passé, il avait été accusé par des employées d'avoir abusé d'elles. Dans les deux cas, il avait protesté de son innocence. Dans les deux cas aussi, et grâce à de très bons avocats, il était parvenu à se faire acquitter au bénéfice du doute. Boris avait décidé que la troisième fois serait la bonne, et qu'il ne passerait pas, cette fois, entre les mailles de la police et de la justice. Il n'avait pas lâché Coulomb pendant trois semaines. Et il avait réussi enfin à le faire craquer. C'est-à-dire à le faire passer aux aveux complets.

Depuis quarante-huit heures, après avoir été présenté au juge d'instruction et mis en examen, Coulomb couchait en prison.

Et maintenant Boris, comme l'avait dit Brichot à Charlie Badolini, terminait l'affaire Miss Monde. À sa façon…

Dans le bureau du chef de la Brigade Mondaine, flottaient de lourdes nappes de fumée bleue. Le commissaire divisionnaire Badolini venait de décoiffer un de ses paquets de cigarettes corses ultra-nicotinisées, des Job Spéciales, et tirait rêveusement sur une cigarette.

— Je ne sais pas où est Boris, dit-il, mais il faut le retrouver au plus vite. On a une affaire qui pue, voyez-vous. Et moi, quand je tombe sur une affaire qui pue – excusez-moi –, c'est à vous deux que je pense tout de suite.

Charmante attention. Aimé Brichot remua ses fesses maigres dans le fauteuil.

— Et de quoi s'agit-il ?

Charlie Badolini hocha la tête.

— J'aimerais mieux vous détailler toute l'histoire quand Boris sera là. C'est un peu compliqué. Et, d'une certaine façon, c'est aussi personnel. Enfin personnel… Il y a tout de même quelqu'un qui est mort. Une jeune femme. Une jeune fille, plutôt. Et elle n'avait que dix-neuf ans. D'après l'autopsie, elle aurait succombé à une overdose de médicaments pendant une fête, une rave comme on dit aujourd'hui chez les jeunes, qui s'est déroulée le week-end dernier dans le Périgord… Quoiqu'il en soit, son père est convaincu qu'elle n'est pas morte simplement d'overdose… Il m'a donc contacté. Oui, personnellement. Il se trouve que je le connais bien. Il s'appelle Jean-François Dancourt et il est le patron d'Immo-Plus, une très grosse agence immobilière, connue dans le monde entier. Il vient même de faire construire en Floride, dans le quartier le plus « branché » de Miami, tout un village pour milliardaires dont l'architecture s'inspire des maisons provençales. Vous voyez le genre ?... Enfin bref, c'est ce qu'on appelle un type important. Moi, il m'a aidé quand j'ai voulu vendre mon appartement, vous vous souvenez, il y a trois ans. Il m'a aussi donné un coup de main précieux pour en trouver un autre à un prix plus qu'avantageux. Enfin, sans être vraiment intimes, on est devenus assez proches. Alors, il a tout de suite pensé à faire appel à moi.

Il tira de nouveau sur sa cigarette.

— D'autant que l'affaire a réellement un côté « Mondaine ». Sa malheureuse fille a été retrouvée nue dans un ravin. Oui, toute nue. Ce qui n'est quand même pas si courant, même dans une fête techno. Par ailleurs l'autopsie a déterminé qu'elle avait fait l'amour très peu de temps avant de mourir. Et enfin... Enfin elle avait... euh... le sexe rasé. Et même rasé de frais, si je puis m'exprimer ainsi... Évidemment, c'était peut-être son habitude, tous les goûts sont dans la nature. Mais ça peut signifier aussi autre chose... Par exemple qu'elle s'est livrée à certains jeux érotiques peu avant de succomber...

Il lissa ses trois longues mèches de cheveux luisantes de gomina.

— Vous comprenez que, dans ces conditions, j'aie pensé à faire appel à vous...

Brichot soupira.

— Très bien, fit-il en rajustant le nœud de sa cravate, je vais faire l'impossible pour retrouver Boris.

*

* *

Au même moment, à l'autre bout de Paris, place du Général-Catroux, dans le XVIIe arrondissement, au cinquième étage d'un magnifique immeuble en pierre de taille, se déroulaient des événements qui allaient peser lourd sur la suite de l'enquête de Boris Corentin et d'Aimé Brichot…

Ana Cortez, employée comme femme de ménage chez Théo Galvani, avait débarqué comme d'habitude aux environs de huit heures du matin. Galvani était plutôt du genre couche-tard, elle le savait, il n'était donc pas du tout du genre lève-tôt, et il ne débarquait généralement à son bureau que vers neuf heures. Entre huit et neuf, elle avait donc tout le temps de faire son travail.

Galvani, de par sa profession, était détective privé. Mais on ne dit plus détective privé. On dit agent de recherches. Ou encore, selon le jargon réglementaire, « mandataire en recherche de preuves et d'informations selon les dispositions des articles 1984 à 2010 du Code civil ». Les bureaux de Galvani, relativement luxueux, se composaient de trois pièces en enfilade, trois vastes bureaux aux parquets parfaitement cirés et séparés par des doubles portes aux vitres biseautées. On était loin de l'image du privé avec un borsalino vissé sur la tête, un imperméable crasseux, des Bottins pour toute documentation et une bouteille de whisky pour l'inspiration. Chez Galvani, il y avait des ordinateurs sur toutes les tables, évidemment branchés sur Internet, ainsi que des fax et des répondeurs. On ne s'y occupait guère d'histoires de cocufiage, mais plutôt de secrets industriels, de contrôle des candidats à l'embauche et d'espionnage d'employés indélicats. Les temps changeaient…

Comme à son habitude, Ana Cortez vida consciencieusement les poubelles et les cendriers, puis elle alla chercher l'aspirateur, le brancha et commença à le passer dans les bureaux.

Celui du patron, le dernier au bout du couloir, était plus petit que les autres. C'était le seul, aussi, qui était tapissé d'une moquette couleur tête-de-nègre. Quand Ana y entra, la lumière du jour n'y pénétrait qu'à travers les lamelles d'un store métallique. Elle releva le store et le soleil de cette belle journée de mai jaillit dans la pièce comme un torrent qu'on vient brusquement de libérer.

À droite, il y avait une porte donnant sur un cabinet de toilettes exigu. Galvani s'en servait quand il devait sortir le soir et qu'il n'avait pas le temps de rentrer chez lui. C'était rare, mais cela arrivait de temps en temps. Par acquit de conscience, Ana Cortez poussa la porte du cabinet de toilettes.

Et s'immobilisa.

Se pétrifia plutôt.

La bouche ouverte sur un cri qu'elle ne poussa pas.

Contre la porte du cabinet de toilettes, au bout d'un long fil électrique amarré à un tuyau de chauffage central qui courait à l'angle du plafond, pendait un cadavre.

Celui d'un homme assez beau, brun, mince, la quarantaine, avec les cheveux noués en catogan sur la nuque.

Malgré son visage gonflé, sa langue noircie qui sortait à la commissure droite de ses lèvres, Ana Cortez n'eut aucun mal à le reconnaître

C'était Galvani. Théo Galvani. Son patron.

Il n'avait même pas le visage déformé. Juste un peu boursouflé. Joues vaguement verdâtres. Globes oculaires exorbités. Et puis il y avait cette mince trace brune qui allait de sa narine gauche à son menton. Du sang. Du sang coagulé.

Prudemment, du bout des doigts, elle effleura sa main droite.

Elle était glacée. Galvani était tout ce qu'il y a de

plus mort. Ou plutôt, pour reprendre une expression célèbre, plus mort que lui, on mourait.

Elle resta longtemps pétrifiée face à ce spectacle. Théo Galvani était mort. Dans sa tête vide de toute pensée, il n'y avait plus que ces mots.

Au bout de dix minutes enfin elle se secoua, fit demi-tour, et partit à la recherche d'un téléphone pour prévenir la police. Ce n'était pas très difficile à trouver, des téléphones, il y en avait partout.

CHAPITRE III

Carla Marconi, sans même prendre la peine de se sécher, jaillit de la douche et, toute trempée, courut jusqu'au grand lit où Boris Corentin l'attendait.

Comme l'avait dit Aimé Brichot au commissaire divisionnaire Charlie Badolini quelques instants auparavant, le commandant de police Boris Corentin terminait l'affaire Miss Monde. À sa façon…

Carla considéra longuement le grand flic allongé dans son lit. Silhouette d'athlète sur lequel les années semblaient ne pas avoir de prise, avec des cheveux bouclés noirs, un visage aux traits réguliers, une mâchoire puissante, un torse aux pectoraux surdéveloppés et un ventre plat au bas duquel saillait une hampe de chair d'une taille impressionnante. Quatre-vingt-cinq kilos de muscles et d'intelligence. L'as des as des Affaires Recommandées de la Brigade Mondaine. À l'issue des aveux qu'il avait arrachés à son violeur, Carla avait mis toute une soirée à l'attirer dans son lit. Et elle avait bien cru qu'elle n'y arriverait jamais. Affaire de pudeur masculine, en somme. Une violée, c'est quelqu'un d'intouchable, d'une certaine façon. Même si elle vous fait des avances intempestives. Comment séduire une fille qui vient de connaître l'enfer avec un autre homme ?

Finalement c'est elle, hier soir, qui l'avait forcé à monter jusqu'à son appartement, un petit trois pièces rue du Faubourg-Poissonnière qui lui servait de pied-à-terre quand elle était à Paris. Et c'est elle aussi qui l'avait « violé », si on veut, se mettant carrément nue, enroulant ses bras autour de son cou et unissant ses lèvres aux siennes dans un interminable baiser.

— Ce n'est pas parce qu'un imbécile a abusé de moi que je vais rester chaste tout le reste de ma vie, lui avait-elle confié un peu plus tard, tandis qu'il la pénétrait pour la première fois.

Boris, couché sur le lit, considéra la silhouette de Carla. Longue, interminable, presque aussi grande que lui, des cheveux noirs bouclés qui cascadaient sur ses épaules, des seins ronds aux pointes brunes dardées vers lui, et ce buisson exubérant, au bas de son ventre, dans lequel il s'était enfoui quatre ou cinq fois cette nuit.

Il se rejeta en arrière. Le métier de flic avait parfois du bon, songea-t-il. Surtout que Carla, à cet instant précis, murmura avec son très léger accent italien :

— Je crois que j'ai encore envie de te sucer...

Boris eut un sourire imperceptible.

— Ne résiste surtout pas, souffla-t-il.

Il la vit glisser, se blottir entre ses jambes et enfin plonger vers son ventre. L'instant d'après, il était avalé, absorbé, englouti dans la bouche fraîche de la jeune femme. D'une poussée du bassin, il s'enfonça encore un peu plus profond vers sa gorge. Elle scella ses lèvres à la base de son membre, nez enfoui dans son pubis.

C'est à cet instant, bien entendu, que le téléphone se mit à sonner.

Après avoir lâché quelques jurons bien sentis en italien, Miss Monde se leva du lit et courut répondre. Elle écouta ce qu'on lui disait dans le combiné, puis elle revint vers Boris, récepteur sans fil à la main.

— Il a le don de double vue, ton collègue ? soupira-t-elle.

— Quel collègue ? interrogea Boris qui avait déjà compris depuis mille ans.

— Un certain capitaine de police Aimé Brichot. Tu lui avais donné mes coordonnées ?

— Pas le moins du monde, évidemment.

— Eh bien, il les a trouvées. Tiens.

Boris attrapa le téléphone.

Il écouta quelques instants son coéquipier, puis lâcha seulement :

— J'arrive.

Et raccrocha.

— Il faut que je parte, murmura-t-il ensuite à Carla.

— J'avais déjà compris, soupira cette dernière. Alors comme ça tu abandonnes sans vergogne une pauvre fille traumatisée, une victime d'un viol, en pleine séance de rééducation et qui…

Il laissa glisser une main le long de la courbe divinement douce de sa hanche.

— Écoute…

Elle ronronna.

— Tu vas partir, d'accord ; mais avant il y a une chose que tu ne m'as pas encore fait et que je voudrais que tu me fasses…

— Quoi ?

— Que tu me prennes les fesses, dit-elle en toute simplicité.

En même temps, elle se retournait, dressait son postérieur, se hissant sur les genoux et offrant à Boris un spectacle qui fit se ruer dans ses veines un flot d'adrénaline.

Il s'installa derrière elle. D'une main passée entre ses propres cuisses, Carla le guida vers la minuscule bouche, au creux de ses reins, qui palpitait avidement. Avec lenteur il se regarda disparaître dans ce puits secret.

Puis il la prit aux hanches, à deux mains, et commença une chevauchée infernale qui dura un quart d'heure, ponctuée seulement des hurlements de Carla, et de ses ruades de jeune jument en extase.

*
* *

Place du Général-Catroux, l'éclair froid d'un flash illumina le bureau de Théo Galvani, agent de recherches, d'une lueur blanche presque irréelle.

Après les investigations d'usage et toutes les constatations souhaitables, on avait détaché le cadavre du détective. Allongé à terre sur la moquette, le malheureux attendait qu'on l'emballe dans une housse plastique, qu'on le charge sur un brancard et que des agents en uniforme de la Sécurité publique viennent l'embarquer. Direction : la Morgue.

Ludovic Montanier, commandant de police à la Brigade Criminelle – la Crime, comme on dit – détacha son regard du visage pour toujours convulsé du détective privé. Suicide ? Ça en avait tout l'air. Avec un motif évident qui tenait en un seul mot : banqueroute. Galvani, cinq jours plus tôt, avait licencié en catastrophe ses deux employés, Montanier venait de s'en rendre compte en fouillant rapidement dans les papiers du mort.

Mais pour le moment, ce qui l'intriguait c'était ce filet se sang séché, entre la narine de Galvani et son menton. Bien sûr, ça ne voulait rien dire, une pendaison peut très bien déclencher un saignement de nez. Mais Montanier était un pro, un vrai flic comme on n'en fait plus. Il avait de l'odorat, de l'intuition, du flair. Et quelque chose lui criait que l'affaire Galvani était un peu plus compliquée qu'elle ne le paraissait.

Notamment parce que ce filet de sang séché s'arrêtait à la pointe du menton du privé. S'il avait coulé alors qu'il était pendu, il aurait dû normalement dégouliner jusque sur sa chemise…

En mettant son nez dans les tiroirs du mort, Montanier avait encore découvert d'autres trucs qui lui avaient paru fort intéressants. Mais il fallait encore qu'il y réfléchisse. Il était de la vieille école, Montanier. Il avait horreur de la précipitation.

Appuyé au chambranle de la porte, il observait les allées et venues des techniciens de l'Identité judiciaire. L'un d'entre eux, pinceau à poil souple en main, saupoudrait de diverses substances (noir animal, céruse, poudre d'aluminium, etc.) tous les endroits susceptibles de recéler des empreintes intéressantes. Le sourcil droit de Montanier se mit en accent circonflexe. Ce type bâclait son boulot, ça ne lui échappait pas. La conviction d'avoir à faire à un suicide ne l'incitait pas à manifester beaucoup de zèle. Montanier esquissa un imperceptible sourire. Tout en examinant la silhouette du technicien de l'Identité judiciaire, et en se surprenant à l'imaginer tout nu. Svelte, brun, cheveux mi-longs, mince... Tout à fait son genre. Ludovic Montanier était homosexuel. Mais pour ça aussi il était de la vieille école. Pas du tout le style à claironner partout ses penchants érotiques. À faire son *coming out*, comme on dit maintenant pour parler des hommes qui révèlent à la face du monde leur goût pour les hommes. Sa sexualité, il avait même réussi à la cacher à ses collègues pendant toute sa carrière. Un exploit. Son plus grand malheur, pourtant, c'était que depuis six mois, à un peu plus d'un an de la retraite, il était amoureux. Éperdument épris d'un jeune Marocain beau comme un dieu et nommé Karim, un garçon de vingt-deux ans qui consentait de temps en temps à partager son lit et lui extorquait au passage des sommes de plus en plus astronomiques. Montanier ferma les yeux. Revoyant le visage basané de Karim, son beau et profond regard noir, sa moustache naissante, ses cheveux courts et noirs enduits de gel.

Le policier de la Criminelle était massif, avec un visage large et blême entouré de cheveux gris. Il savait bien qu'il n'avait aucun charme aux yeux de Karim. Celui-ci ne consentait d'ailleurs à s'intéresser à lui qu'à condition que Montanier ait préalablement allongé quatre ou cinq mille francs.

Toutes ces folies coûtaient au vieux flic des fortunes qu'il n'avait pas. Pour Karim, il avait commencé par vider son compte-épargne, puis un autre compte sur livret qui remontait à sa jeunesse. Ensuite, il avait vendu sa voiture. Il s'était aussi résigné à taper les quelques copains un peu friqués qu'il avait. Mais cela ne suffisait pas. Karim demandait toujours plus. Un jour, Montanier allait se retrouver sur la paille. Et il aurait tout perdu. À commencer par Karim.

À moins que…

À moins qu'il ne se décide à faire ce qu'il n'avait jamais fait de sa vie : une tentative de chantage…

Il le savait, ça pouvait l'embarquer très loin et se terminer en catastrophe. Mais est-ce qu'il était encore capable de penser comme ça ? Karim était un petit salaud qui le trompait avec des femmes (Montanier pensait « des putes »), mais il ne pouvait pas s'en passer, il l'avait dans la peau, il en était dingue. À en crever. À en passer par toutes les folies possibles et imaginables. Et finir en flic ripou, avec à la clé le risque de terminer ses jours en prison…

Mais qu'est-ce que ça pesait, cette perspective de prison, quand il fermait les yeux et revoyait le long corps musclé et bronzé du jeune Marocain ?

Montanier examinait toujours les hommes de l'Identité judiciaire. Décidément, oui, ils bâclaient leur boulot, mais il fallait bien dire que c'était un peu sa faute à lui aussi. Il les avait tout de suite aiguillés sur la piste la plus évidente, celle du suicide. C'était clair comme le jour, Galvani s'était tué parce que ses affaires périclitaient et qu'il n'avait plus un sou. Pourquoi chercher plus loin ? À entendre Montanier, les choses étaient simples comme bonjour, et il n'y avait pas de « mystère de la place du Général-Catroux »…

Ce qu'il avait gardé pour lui, c'était juste un petit détail. Et ce détail tenait dans une tache imperceptible, là, à ses pieds, sur la moquette. Une minuscule tache relativement fraîche dont il était prêt à jurer que c'était du sang.

Le sang échappé du nez de Galvani tandis qu'on était en train de l'étrangler. Là, sur cette moquette. Avant d'aller le pendre dans la salle de bains pour faire croire à un suicide.

Montanier était d'autant plus sûr de ne pas se tromper que la tache était encore légèrement humide. Pas parce que le sang n'avait pas séché, bien sûr, mais parce que l'assassin avait essayé de la laver, sans doute avec des produits détergents. Précaution inutile : maintenant on a des tas de « poudres miracle », à la police, notamment du vert de malachite, un produit qui a la vertu de révéler des taches de sang même très anciennes, même effacées avec le plus grand soin…

À condition, bien sûr, de penser à les chercher ces taches de sang. Ce qui n'avait pas été le cas des hommes de l'Identité judiciaire. Pourquoi l'auraient-ils fait, d'ailleurs, puisque Ludovic Montanier les avait tout de suite convaincus qu'ils étaient en face d'un cas tout bête de suicide ?

Résultat : Montanier était seul à savoir que Théo Galvani, agent de recherches, n'avait très certainement pas mis fin à ses jours sous le coup du désespoir, mais avait bel et bien été tué. Par qui ? Pourquoi ? Montanier, là-dessus, n'avait pour le moment aucune réponse. Mais ce n'était pas le problème, à ses yeux. Ce qui comptait, c'était qu'il était en possession d'une information confidentielle qu'il allait essayer au plus vite de rentabiliser.

D'autant que la mort de Théo Galvani n'était pas

tout à fait celle de n'importe qui. Bien sûr, par lui-même, Galvani n'était rien, juste un privé sans envergure et probablement au bord de la faillite en effet. Non, ce qui était intéressant, c'était le nom de son frère : Albert Galvani. Lui, Albert Galvani, c'était un très gros poisson, un géant du business. Mais tous les géants ont des points faibles. Albert Galvani, d'après ce que savait Montanier, s'était lancé récemment dans la politique. Il avait apporté son appui, notamment financier, à un parti d'opposition, le PRD (Parti républicain et démocrate), qui grimpait en flèche dans les sondages. Pour commencer, il briguait un poste de député européen. En attendant mieux. S'il y avait, un de ces jours, un renversement de majorité, il avait toutes ses chances de se voir attribuer un ministère ; ou, au pire, un secrétariat d'État.

Dans de telles conditions, le meurtre de son frère n'allait sûrement pas arranger ses affaires. Montanier était prêt à parier qu'Albert Garvani, s'il pouvait choisir, préférerait de très loin la thèse du suicide.

C'était exactement ce qu'il allait lui offrir.

Moyennant finances, cela va de soi.

Vu sous cet angle, ce n'était même plus du chantage. Juste un petit coup de pouce à une carrière politique encore incertaine

CHAPITRE IV

— Messieurs, attaqua Charlie Badolini de sa voix de violoncelle, plus je pense à cette histoire, plus je trouve qu'elle pue… Sauf votre respect, bien entendu.

Il venait de ressortir du petit cabinet de toilette attenant à son bureau, et brandissait une cartouches de ses cigarettes préférées, les Job Spéciales. Il ouvrit la cartouche, y préleva un paquet de cigarettes et le dépiauta d'un geste impatient.

— D'accord, reprit-il, cette fille, cette Esméralda Dancourt est morte officiellement d'overdose. Absorption massive d'hypnotiques puissants. Des benzodiazépines. Notamment du Témazépam. Elle en a pris des quantités carabinées mélangées à du whisky, et on ne peut même pas écarter l'hypothèse d'un suicide…

Brichot remua ses maigres fesses dans le fauteuil Empire. Pas mécontent, tout compte fait, de n'avoir mis qu'un petit quart d'heure à retrouver Boris. En appelant d'abord chez Ghislaine, sa régulière, qui était absente, puis en essayant toutes les autres, du moins celles que lui-même connaissait et dont il avait les adresses. Enfin, il avait eu l'illumination : si Boris n'était nulle part, c'est qu'il avait passé la nuit avec celle dont l'affaire l'avait occupé toute la semaine dernière : Miss Monde en personne, c'est-à-dire la très belle Carla Marconi. Qui avait sans doute tenu à lui manifester sa gratitude d'une façon très personnelle et très intime.

Enfin bref, Aimé Brichot avait ressorti le dossier Coulomb-Marconi, et s'était assuré que la jeune femme avait un appartement à Paris. Le reste n'avait été qu'un jeu d'enfant.

Charlie Badolini s'était rapproché d'une des fenêtres de son bureau. Il s'absorba un instant dans la contemplation d'un bateau-mouche rempli de touristes.

— De toute façon, reprit-il, des accidents de ce genre, il y en a de temps en temps dans les fêtes techno. Tout un tas de drogues circulent, dans ce genre de rassemblements, et ça se termine parfois très mal. Mais je n'arrive pas à m'arracher de l'idée qu'Esméralda n'est pas morte comme on le prétend.

— Vous pensez à un meurtre ? interrogea Boris.

Badolini haussa les épaules.

— Je ne sais pas. Ce qui m'intrigue, c'est qu'elle était là-bas avec un type et que celui-ci a disparu…

— Comment le sait-on ? questionna Brichot.

— Par l'un des copains de la jeune fille, un nommé Fabrice Denizot, un garçon du même âge qu'Esméralda. Ils étaient arrivés ensemble, dans la voiture du type en question. Fabrice Denizot, malheureusement, est incapable de dire de qui il s'agit. Il ne l'avait jamais vu auparavant. Il est même incapable de donner son signalement. Pendant toute la fête, qui a duré trois jours et trois nuits, il était – c'est lui-même qui le dit – complètement défoncé à l'ecstasy. Il ne se souvient pratiquement plus de rien. Sauf que le type conduisait une Range Rover ; et qu'il semblait plaire énormément à Esméralda. Dès leur arrivée dans la carrière désaffectée du Roc-Sirac, ils ont faussé compagnie aux autres et sont allés filer le parfait amour quelque part, probablement dans cette tente où on a retrouvé les affaires d'Esméralda.

— Les autres ? intervint Boris. Quels autres ? Vous n'aviez parlé que de ce garçon, Fabrice Denizot…

Badolini tirait sur sa cigarette comme un perdu.

— En effet. Il y avait encore un autre garçon et une autre fille. De vagues copains, d'après Fabrice... Tellement vagues qu'il n'a aucune idée de leurs identités. Seulement leurs prénoms : Sophie et Victor. Des jeunes gens de l'âge de Fabrice et d'Esméralda qu'ils rencontraient dans des bistrots proches de la Bastille, ou qu'ils retrouvaient dans des boîtes techno. À mon avis, de ce côté-là non plus il n'y a pas grand-chose à espérer...

Il écrasa sa cigarette.

— Ce qui est le plus troublant, c'est le rapport des gendarmes de là-bas, dans le Périgord. Ils ont passé au peigne fin tout le coin où a été retrouvée Esméralda, et bien sûr la tente sous laquelle elle a passé ses dernières nuits. D'après eux, la tente en question a été soigneusement nettoyée. On y a effacé tout ce qui aurait pu constituer des indices... Pour ne prendre que cet exemple, Esméralda a avalé des gélules de Témazépam en quantité astronomique, ainsi que du whisky. Or, sur place, on n'a retrouvé aucune bouteille d'alcool, et pas davantage d'emballages de médicaments. Mais il y a mieux...

Il se racla la gorge.

— L'examen des médecins légistes est formel. Le système pileux d'Esméralda a été rasé de très près quelques heures avant sa mort. Par qui ? Peut-être par elle, ou, en tout cas, à sa demande. Il n'y a aucune loi qui interdise à quiconque de se débarrasser de ses propres poils pubiens. Mais, dans ce cas, on aurait dû retrouver sur place un rasoir, une bombe de mousse, et bien sûr tous les déchets que cette opération entraîne normalement. Or, une fois encore, on n'a rien retrouvé.

Il alluma une nouvelle Job Spéciale.

— Vous comprendrez que, dans ces conditions, il y ait au moins matière à enquête.

Boris Corentin fronça les sourcils.

— Vous dites qu'Esméralda a eu des rapports sexuels peu avant de mourir, n'est-ce pas ?

— Oui, et on n'a aucune raison de penser qu'elle n'était pas consentante. En tout cas, il n'y avait pas de traces de violences sur son cadavre. De toute évidence, c'est de son plein gré qu'elle a fait l'amour avec ce type, cet inconnu que nous appellerons, si vous le voulez bien, l'homme à la Range Rover…

— Lequel a pris soin de s'éclipser après sa mort, compléta Brichot.

— Ou avant, objecta Boris. Si elle a succombé à une overdose, elle a dû plonger dans le coma et agoniser pendant plusieurs heures.

Badolini attira vers lui le cendrier posé sur son bureau.

— Le père d'Esméralda, Jean-François Dancourt, est persuadé que la mort de sa fille n'a rien d'accidentel. D'après lui, elle ne se droguait pas – ce qui ne signifie pas d'ailleurs qu'il était au courant de tout ce qu'elle faisait. D'autant qu'elle ne vivait pas sous le même toit que lui, qu'elle avait un studio rue de Richelieu et qu'ils se voyaient peu. Quoiqu'il en soit, ils avaient gardé des contacts épisodiques. Esméralda était une étudiante brillante. Elle allait attaquer, à la prochaine rentrée, une licence d'histoire de l'art. Je n'ai pas besoin de vous dire que cette mort bouleverse Dancourt. Il n'y a rien de pire, quand on aime quelqu'un, que d'avoir des doutes sur les conditions de sa mort. C'est peut-être encore plus cruel que la mort elle-même…

Boris laissa ses doigts errer sur le cuir fauve du bureau de Badolini.

— Je crois que le mieux serait de commencer par interroger les proches et les amis d'Esméralda, dit-il. Et d'abord, bien sûr, ce Frédéric Denizot qui…

— Vous ne croyez pas que la clé de l'affaire se trouve dans le Périgord ? interrogea Badolini.

Boris secoua la tête.

— À première vue, ce n'est pas mon impression. Mais si le besoin s'en fait sentir, on ira faire un tour sur place, bien entendu.

— Je suppose que les gendarmes de là-bas continuent leur enquête ? intervint Brichot.

— Évidemment, opina Badolini. Ils font leur boulot. Pour eux, il y a eu une mort, ils la considèrent comme accidentelle, ce qui est leur droit, mais ils essaient de déterminer les responsabilités. Ils concentrent leurs recherches autour des organisateurs de ce Technival du Roc-Sirac. Ils ont entendu plusieurs d'entre eux, notamment un Anglais propriétaire de l'une des plus puissantes sonos installées sur le site. C'est très bien, mais à mon avis ce n'est pas comme ça qu'ils feront toute la lumière sur les causes de la mort de cette jeune fille. De toute façon, ils nous tiendront au courant de l'état de leur enquête chaque fois que cela sera nécessaire…

Boris soupira, examinant, dans le dossier concernant la mort d'Esméralda Dancourt, une des photos de celle-ci. Ravissante, très jeune avec de longs cheveux noirs bouclés qui cascadaient sur ses épaules. Il referma le dossier et alluma une Gitane blonde.

— Eh bien, on va attaquer l'enquête, lâcha-t-il en regardant Badolini. En démarrant par ce Frédéric Denizot.

Le chef de la Brigade Mondaine sourit.

— Excellent début, apprécia-t-il. Mais après ?

Boris remua des mâchoires.

— Après ? Mais après, monsieur le Divisionnaire, on improvisera. Comme d'habitude.

*

* *

À cet instant précisément, Ludovic Montanier, flic à la Brigade Criminelle, descendait de taxi, payait et s'engageait dans un petit chemin en pente bordé de haies et conduisant à une série de bâtiments bas aux façades peintes en blanc qui ressemblaient à des hangars. C'étaient effectivement d'anciens ateliers transformés en bureaux et c'était surtout le centre nerveux de Futurible SA, l'Empire d'Albert Galvani.

Tout ce quartier d'Issy-les-Moulineaux, à deux pas de Paris, avait été curieusement épargné par les HLM et la rénovation sauvage de tant d'autres banlieues de la capitale. Il y restait des zones pavillonnaires datant de la fin du siècle dernier, avec des petites maisons entourées de jardins et des chiens méchants qui vous engueulaient quand vous passiez à proximité. On était de l'autre côté du périphérique, et on se serait cru dans la province profonde.

Ludovic Montanier poussa la porte du premier hangar qu'il rencontra et se retrouva dans un vaste hall assez luxueux et rempli de plantes vertes. De la musique douce ondulait dans l'air. Il y avait des portes vitrées un peu partout et des secrétaires qui passaient et repassaient avec des dossiers sous le bras. Des téléphones sonnaient. Des portes claquaient. De brèves engueulades jaillissaient, alternant avec des éclats de rire. L'ambiance était étrangement mélangée, à la fois studieuse et décontractée.

Montanier soupira. S'il arrivait à jouer serré, il gagnerait le gros lot. Mais il savait aussi qu'il s'attaquait à beaucoup plus fort que lui. La vie d'Albert Galvani était une *success-story* à elle toute seule. Quand on disait Galvani, en France, on disait loisirs. Industrie des loisirs. Avec l'abaissement de l'âge de la retraite, les trente-cinq heures et l'extension du temps libre, tout ce qui relevait de la distraction (parc d'attractions, voyages, multimédias, restauration à thèmes, etc.)

rapportait énormément d'argent. Galvani l'avait compris avant les autres. À vingt ans, son échec au concours d'entrée à HEC avait décidé du reste. Il avait monté avec une bande de copains une boîte de sous-traitance de jeux vidéo. L'affaire avait végété pendant quelques années, puis il avait décroché ses premiers gros contrats. C'était il y avait quinze ans. Il avait alors vingt-sept ans. Aujourd'hui, rien que dans la vidéo il faisait cinq cents millions de chiffre d'affaires (avec une hausse de 25 % par an en moyenne), et ouvrait à travers la France un nouveau magasin de jeux vidéo par jour. Mais il ne se bornait pas à ce domaine. Il avait créé des sites de réservation de billets d'avion, des vacances haut de gamme (dans le genre séjour dans un ranch australien, découverte des baleines et plongée sous-marine, le tout en jet privé), et surtout une kyrielle de parcs d'attractions à travers toute la France. Sa grande réussite, son coup de génie, c'étaient les parcs de châteaux miniatures. Il en couvrait le territoire. Il avait aussi créé des tas d'aquariums géants (on se balade dans des tunnels lumineux avec, au-dessus de sa tête, séparés de vous par des parois de verre épais, des myriades de poissons de toutes les espèces et de toutes les couleurs). Maintenant, il était en train de cogiter ce qu'il appelait des parcs-Tarzan, avec aventure à la clé, escalade, sauts d'un arbre à l'autre à l'aide de lianes, survie quotidienne réduite à sa plus simple expression (le pagne était obligatoire), cueillette de fruits exotiques et rencontre inopinée de grands singes. D'ici six mois, il allait ouvrir son premier parc-Tarzan en Sologne. Sa société (dont il détenait 65 % des parts) était cotée deux cent soixante millions au Nouveau Marché boursier. Sur sa lancée, il avait décidé de se jeter dans la politique, il avait adhéré au Parti républicain et démocrate, et ambitionnait d'être élu au Parlement européen. Ce qui n'était bien entendu à ses yeux qu'un début. Un amuse-gueule. En attendant le rêve de sa vie : un poste de ministre.

Tel était l'homme que Montanier allait affronter. Le policier de la Criminelle poussa une porte vitrée et se retrouva en face d'une très belle jeune femme brune extrêmement élégante dans un chemisier en soie noire et une jupe noire moulante en dentelle de coton. Elle portait des lunettes d'écaille qui n'arrivaient pas à l'enlaidir. À l'entrée de Montanier, elle leva la tête de son écran, ôta ses lunettes et regarda le nouveau venu. Elle avait des yeux mauves étonnants.

— Vous désirez ?

— Je cherche le bureau de M. Galvani.

— Vous avez rendez-vous ?

— Oui. Commandant de police Ludovic Montanier. De la Brigade Criminelle.

Elle pianota sur son écran. Tous les rendez-vous de Galvani y étaient affichés.

— Ah, dit-elle, c'est vous. En effet. M. Galvani a accepté de vous recevoir entre deux rendez-vous.

Elle chaussa de nouveau ses lunettes.

— J'espère que vous n'avez pas de mauvaises nouvelles à lui annoncer. Il est à cran, en ce moment.

Et elle ajouta :

— C'est moi que vous avez eue tout à l'heure au téléphone. Manon Brioussot.

Montanier haussa les sourcils.

— Vous êtes son assistante ?

— Et même sa plus ancienne collaboratrice. Je l'ai connu du temps où nos bureaux faisaient la moitié de la superficie de ce local. Quand il recevait quelqu'un, j'étais obligée d'aller prendre un café au bistrot d'en face.

Elle soupira.

— On a mangé ensemble pas mal de vache enragée avant qu'il ne commence son ascension fulgurante.

Manon Brioussot semblait nostalgique de cette époque lointaine.

— Vous regrettez qu'il ait réussi ? questionna-t-il.

Elle hocha la tête.

— Autrefois, dans la nuit des temps, j'étais sa plus proche – et même sa seule – collaboratrice. Maintenant, je ne suis plus qu'une employée parmi d'autres…

Elle ôta de nouveau ses lunettes. Elle regardait dans le vide. Elle semblait avoir oublié la présence du flic. Celui-ci se dit qu'elle était amoureuse de son patron. Le cas classique. Il emmagasina l'information dans sa tête. Elle pourrait toujours resservir.

— Enfin tout ça c'est le passé… murmura Manon Brioussot

À ce moment, quelqu'un entra. Un grand garçon d'environ vingt-cinq ans, visage bronzé, silhouette de dieu du stade, mâchoires carrées, cheveux blonds et drus comme du blé fraîchement coupé.

— M. Valéra, le présenta Marion. L'un des collaborateurs les plus proches de M. Galvani. Pour ainsi dire son bras droit. Son homme de confiance.

L'autre rougit imperceptiblement sous le compliment.

— Thibault, reprit Marion, tu veux bien montrer le chemin à monsieur ? Il a rendez-vous avec le patron.

CHAPITRE V

Albert Galvani ébouriffa sa tignasse drue striée de fils d'argent du côté des tempes.

— Le salaud… grogna-t-il entre ses dents.

Il était en train de consulter un dossier. Il releva la tête et regarda Montanier assis en face de lui, de l'autre côté d'un vaste bureau en acier brossé.

— Excusez-moi, dit-il. Encore un instant, s'il vous plaît…

Il se replongea dans son dossier, ponctuant sa lecture d'exclamations sourdes. C'était un rapport sur Bourdel, Patrick Bourdel, patron d'une autre boîte géante de loisirs en tous genres et concurrent direct de Futurible SA. Entre Bourdel et Galvani, la guerre faisait rage depuis des années, à l'avantage jusqu'ici de Galvani. Mais Bourdel venait de lancer une OPA « hostile » sur deux sociétés que Galvani convoitait et dont il était actionnaire. Une véritable provocation devant laquelle Galvani ne pouvait pas rester inerte. D'autant que la rivalité entre les deux hommes s'étendait aussi à d'autres domaines : par exemple les grands crus et les œuvres d'art. Politiquement aussi, Bourdel et Galvani s'affrontaient, puisqu'ils étaient notoirement de bords opposés. Mais, jusqu'ici, ils ne s'étaient jamais jetés directement l'un contre l'autre. L'OPA « hostile » de Bourdel constituait aux yeux de Galvani une véritable déclaration de guerre.

Le patron de Futurible SA referma son dossier et regarda Montanier.

— Excusez-moi, dit-il encore. Je suis à vous.

Montanier l'avait attentivement observé. Ce qui frappait, dans le visage de Galvani, c'était son menton. Projeté en avant, carré, on aurait dit l'extrémité d'un marteau. Là se concentrait toute la folle énergie de cet homme massif aux épaules d'armoire à glace. L'autre chose troublante, c'étaient ses yeux. Bleus, très bleus, presque translucides et qui avaient l'air de vous fouiller jusqu'au fond de l'âme quand ils vous examinaient.

— Désolé de vous avoir fait poireauter, grogna-t-il encore.

Montanier remua sur sa chaise.

— C'est moi qui suis désolé, émit-il. Et d'autant plus que je vous apporte une mauvaise nouvelle.

Il toussota. Hésita. Puis fit mine de se jeter à l'eau avec regret.

— De toute façon, vous aller l'apprendre incessamment. Votre frère est mort.

Il y eut un instant de silence. On entendit sonner des téléphones à travers tous les bureaux de la boîte.

— Théo ? interrogea enfin Galvani.

Le policier de la Crime hocha la tête.

— Merde, se contenta de murmurer Galvani. Mon petit frère…

— Je suis désolé, vraiment désolé, réattaqua Montanier.

Albert Galvani plaqua ses deux mains sur l'acier de son bureau, et le flic remarqua qu'il avait des pognes larges et carrées comme des battoirs.

— Il n'y a pas de quoi, grogna Galvani avec brutalité. Mon frère et moi nous ne nous entendions plus du tout depuis des années. Quand je dis « mon petit frère », c'est en souvenir du passé, de notre enfance commune. Parce qu'il était toujours le plus faible et qu'il fallait sans cesse le protéger des autres ou de lui-même… Et maintenant…

Il s'interrompit.

— Comment est-il mort ?

Montanier gigota des fesses sur sa chaise. Il semblait mal à l'aise.

— J'ai préféré que vous soyez le premier informé, murmura-t-il. D'après les renseignements que j'ai pu rassembler, votre frère se trouvait dans une mauvaise passe, une très mauvaise passe. Il avait dû licencier ses deux collaborateurs. En bref, il était ruiné, au bord de la faillite. Par ailleurs…

Il hésita.

— Avant de venir vous voir, je suis allé aux Archives et j'ai eu la curiosité de consulter certains dossiers. Il y a eu des plaintes le concernant, ces derniers mois, et une enquête était en cours…

Galvani braqua le feu bleu de son regard sur le policier.

— Des plaintes ? À quel propos ?

— Il semble qu'il avait entrepris de faire chanter certains anciens clients. Quand on est détective privé – ou plutôt agent de recherches – on dispose de pas mal d'informations sur des tas de gens, n'est-ce pas… Des informations qui peuvent se révéler précieuses par la suite, si on est mal intentionné… Enfin je n'ai pas besoin de vous faire un dessin… Votre frère…

— Mon frère était un voyou et un idiot, le coupa Galvani. Si c'est ce que vous voulez dire, vous ne m'apprenez rien.

Il croisa les doigts.

— Vous ne m'avez toujours pas dit comment il est mort.

Il y eut un nouveau silence.

— Pendu.

L'un des téléphones posés sur le bureau de Galvani sonna. Il décrocha, aboya qu'on ne le dérange pas et raccrocha.

— Pendu dans son bureau, reprit le policier.

— Qu'est-ce que c'est que cette histoire ? Théo pendu ? Il s'est suicidé ?

— Selon toute apparence, oui. En tout cas, pour le moment c'est la thèse officielle. À moins d'événements imprévus, ce sera d'ailleurs la thèse que nous adopterons lorsque nous bouclerons notre enquête et rendrons nos conclusions. Mais…

Il toussota.

— Mais il y a un mais… Ou plutôt un détail, un minuscule détail que je suis seul à avoir repéré… Je suis désolé d'entrer dans ce genre de précisions, mais il est préférable que vous sachiez. Votre frère a été découvert par la femme de ménage de l'agence pendu dans sa salle de bains. Je suis l'un des premiers à l'avoir vu. Il avait saigné du nez, ce qui n'a rien en soi d'extraordinaire dans une telle situation. Ce qui était plus curieux, et qui m'a intrigué, c'est que le sang s'était arrêté sur son menton, il n'avait pas coulé sur ses vêtements, même pas sur sa chemise. Troublé par cette petite énigme, j'en ai cherché la clé. Et je n'ai pas tardé à la découvrir. En remarquant une minuscule tache de sang sur la moquette de son bureau…

Galvani sursauta.

— Du sang ?

Montanier soupira.

— Je suis flic depuis trente ans, dit-il. Je sais reconnaître une tache de sang.

— Et alors ? fit Galvani qui ne comprenait pas.

— C'était une tache de sang qu'on avait même nettoyée très consciencieusement. Ce qui ne sert d'ailleurs à rien. La technique a fait tant de progrès que l'on a maintenant les moyens de déceler la présence d'une tache de sang, même très ancienne, et même lavée avec des produits extrêmement sophistiqués.

Il toussa de nouveau.

— Si, dans mon rapport, je signale cette tache, nos techniciens n'auront aucun mal à l'analyser. Et à découvrir qu'il s'agit du sang de votre frère.

Galvani carburait.

— Ce qui signifie, si je comprends bien, qu'il est mort là, sur la moquette de son bureau ? Que donc il a été tué, probablement étranglé. Et qu'il a saigné du nez en agonisant. Puis qu'on l'a pendu dans sa salle de bains pour faire croire à un suicide ? C'est bien ça ?

— Exactement ça, acquiesça Ludovic Montanier.

Il y eut un long silence.

— Est-ce que c'est également cela, reprit Montanier d'une voix sans timbre, que vous souhaitez voir figurer dans mon rapport, monsieur Galvani ?

Les yeux du P-DG de Futurible SA devinrent encore plus bleus, encore plus translucides qu'ils n'étaient d'ordinaire.

— Comment ça ce que je souhaite ?

Montanier faisait mine d'épousseter, sur le bureau, des grains de poussière imaginaires. Ce qu'il avait à dire maintenant lui coûtait. Il n'avait encore jamais fait ça. Le boulot de maître-chanteur était encore tout frais pour lui. Et ses derniers scrupules de flic le harcelaient. La vision de Karim en train d'ôter son slip léopard, de le faire glisser sur ses longues jambes musclées et dorées, emporta tout de même ses hésitations.

— Je ne suis pas certain, attaqua-t-il, qu'une enquête approfondie sur les causes de l'assassinat de votre frère servirait vos intérêts, ni surtout vos ambitions. Quelles que soient d'ailleurs les raisons pour lesquelles il a été tué. Il faudrait déterrer ces sordides histoires de chantage, fouiller dans sa vie, y compris éventuellement sa vie privée. Et, bien sûr, évoquer vos liens familiaux… Tout ce déballage…

Il s'interrompit.

— Allez, fit Galvani entre ses dents. Continuez.

C'était presque un ordre.

— Tout ce déballage pourrait être préjudiciable à votre réputation, vous ne croyez pas ? En tant que chef d'entreprise, je ne crois pas que vous auriez à en supporter des conséquences trop pénibles. C'est plutôt sur le plan de vos ambitions politiques que cette histoire pourrait vous être néfaste.

Il y eut un long silence. Galvani réfléchissait aux derniers mots du flic. Sans le savoir – ou sans doute en le sachant parfaitement bien – Montanier avait mis le doigt sur l'une de ses préoccupations les plus cuisantes. La politique, c'étaient les jeux du cirque ; et, depuis quelques mois, il le découvrait. Pas tellement à cause des adversaires de l'autre bord, non ; plutôt à cause des ennemis qu'il se connaissait dans son propre parti. Certains de ses excellents « amis » idéologiques avaient vu d'un très mauvais œil son apparition au sein du Parti républicain et démocrate. Surtout parce que, du fait de sa notoriété, de son pouvoir économique et financier, il allait se retrouver pratiquement tête de liste pour les prochaines élections. D'où un certain nombre de haines solides qu'il s'était attiré à cette occasion. Des haines qui rejailliraient de plus belle à la perspective d'un scandale, dès que l'on apprendrait que son frère avait été tué et que l'on déballerait toutes ses turpitudes. Il s'imagina entraîné, déconsidéré, noyé dans le tourbillon de cette affaire horrible. Il imagina surtout Hauterives, le bras droit du chef du Parti républicain et démocrate. Son pire ennemi. Hauterives qui se sentait mis sur la touche depuis que Galvani était dans le circuit. Et qui ne reculerait devant rien pour lui nuire dès que la possibilité lui en serait donnée, comme un chacal attiré par l'odeur du sang. Hauterives qui, en public, ne tarissait pas d'éloges sur lui, mais qui était prêt à le tuer d'un coup de poignard dans le dos à la première occasion.

Hauterives avec lequel, justement; il devait dîner en tête à tête demain soir…

Il ferma les yeux. Tentant de se maîtriser.

— Pour le moment, tout le monde pense que c'est un suicide, n'est-ce pas ? interrogea-t-il posément.

— Oui.

— Alors où est le problème ?

Montanier se crispa légèrement. Pour continuer, il avait besoin de se cramponner à quelque chose. Une nouvelle fois, le slip léopard de Karim (et surtout ce qu'il y avait dedans) lui fut d'un grand secours.

— Vous ne savez pas encore tout, réattaqua-t-il.

Le regard de Galvani blanchit de nouveau.

— Allez-y, jeta-t-il, prêt à entendre le pire.

— Votre frère était marié, mais, comme bien des hommes – la faiblesse est humaine – il avait une liaison. Avec une très jeune femme. Vous l'ignoriez ? Je l'aurais parié. Cette liaison régulière, qui durait depuis un an, je l'ai découverte en examinant les papiers personnels de votre frère. J'ai trouvé des lettres, des photos, et même deux ou trois cassettes vidéo. Le genre de matériel, n'est-ce pas, que l'on ne ramène pas à la maison, qu'on préfère laisser au bureau, vous êtes bien d'accord ? Enfin voilà, j'ai voulu me renseigner sur la maîtresse de votre frère – une très jolie créature, entre parenthèses, Théo Galvani avait beaucoup de goût – et je suis tombé malheureusement sur un autre drame, une autre très mauvaise nouvelle. Cette fille, qui avait vingt-cinq ans de moins que votre frère, avait aussi les penchants de sa génération, c'est-à-dire qu'elle adorait, entre autres choses, la musique techno, les fêtes, les raves, ce genre de trucs. Et voilà-t-il pas qu'en m'informant auprès de la Synthèse – c'est ainsi qu'on appelle l'organisme trans-brigades chargé de mettre en rapport différents services de police, à travers tout le territoire, à propos d'affaires en cours qui sont susceptibles de les intéresser – je suis tombé sur une nouvelle toute fraîche, et proprement tragique : la fille en question, la maîtresse de votre frère, vient d'être retrouvée morte d'une overdose dans un coin perdu de Dordogne, oui, en plein Périgord. On l'a découverte nue au terme d'une fête techno précisément. Un Technival comme on dit…

Il évoqua un instant ce drame, ajouta que la gendarmerie de la région enquêtait sur l'affaire, et même que des policiers parisiens – des as de la Brigade Mondaine, précisa-t-il, des célébrités dans la « Grande Maison » – avaient également commencé des recherches pour comprendre comment cette malheureuse créature était morte.

— Pour l'instant, ajouta-t-il, ils ignorent le lien qu'il y avait entre cette fille et votre frère, mais ils ne vont certainement pas tarder à le découvrir.

— Et alors ?

— Et alors ils vont chercher. Et ils vont trouver. Quoi ? Je l'ignore, précisément, mais je l'imagine. Votre frère et sa maîtresse ont été tués, à quelques heures de distance, et à des centaines de kilomètres l'un de l'autre. Mais il serait puéril de supposer qu'il s'agit d'une coïncidence. Ces deux affaires sont évidemment liées. Comment ? Je ne sais pas. Pourquoi ? Par qui ? Mystère. Mais il y a un lien. Et si la police ne le trouve pas, les journalistes, eux, l'inventeront…

De nouveau, le long et maigre visage de Hauterives passa dans le champ de vision de Galvani. Secoué d'un ricanement maléfique.

— Peut-être même, insista Montanier, iront-ils jusqu'à laisser entendre que votre frère ne serait pas étranger à la mort de cette fille…

Il baissa les yeux, tentant d'échapper au regard translucide de Galvani.

— Je me suis renseigné. Il y a plus de dix heures de

battement entre le décès de cette malheureuse dans le Périgord et la… enfin disons le suicide… de votre frère à Paris. Dix heures, c'est plus que suffisant pour revenir de Dordogne… Évidemment, il ne s'agit là que de suppositions…

— Si on apprend que mon frère s'est suicidé, le coupa Galvani, on lui mettra d'autorité le meurtre de sa maîtresse sur le dos, et, pour moi, c'est le scandale assuré. Tandis que s'il a été assassiné, on pensera qu'il a subi le même sort que cette fille, et on cherchera leur meurtrier commun.

— C'est une façon de voir… Il y en a d'autres… À vrai dire, la thèse du suicide me paraît préférable – je parle toujours de votre intérêt personnel –, ne serait-ce que parce que, dans ce cas, il n'y aura pas trop de déballage… Bien sûr, il restera toujours un doute sur la culpabilité de votre frère concernant la mort de sa maîtresse, mais il n'y aura pas de recherches approfondies sur cette culpabilité… Tandis que dans le cas contraire…

Il renifla.

— Je ne vous ai pas tout dit, reprit-il. Votre frère avait évidemment des ordinateurs, et il recevait du courrier électronique. Il se trouve que j'ai eu la curiosité de regarder les messages qu'il avait reçus récemment. Je n'ai pas été déçu. Outre quelques lettres professionnelles, il y en a d'autres d'une teneur beaucoup plus intime. Elles émanent toutes de cette jeune fille qui était sa maîtresse. La plupart sont des déclarations d'amour enflammées. Mais, dans les plus récentes, le ton change. Votre frère, semble-t-il, avait promis à cette fille de quitter sa femme pour elle.

Galvani haussa les sourcils.

— Aurélie ? Il voulait quitter Aurélie ?

— C'est ce qu'il prétendait, en tout cas.

— On l'a prévenue, au fait, cette pauvre Aurélie ?

Ludovic Montanier secoua la tête négativement.

— Pas encore. J'ai jugé préférable de m'entretenir d'abord avec vous. Ensuite, bien entendu, j'irai rendre visite à madame Galvani…

Le patron de Futurible SA avança le menton.

— Laissez-moi le faire moi-même, s'il vous plaît ? Je n'ai pas revu Aurélie depuis des années, et je n'étais pas en très bons termes avec Théo, mais j'aimerais mieux qu'elle apprenne sa mort par quelqu'un de la famille, vous comprenez ?

— Si vous voulez. Toujours est-il que votre frère avait fait des promesses à sa maîtresse… Et que celle-ci, visiblement, s'irritait de ne pas le voir tenir sa parole. Ses plus récentes lettres trahissent une colère croissante. La dernière est presque une lettre de rupture. Elle précise à votre frère qu'elle part pour quelques jours avec un type (dont elle n'en dévoile pas, bien entendu, l'identité), et qu'ils régleront leurs comptes lorsqu'elle rentrera. Trois jours plus tard, la malheureuse était morte…

Il se pencha en avant.

— Vous vous rendez compte, je pense, que tout cela constitue un mobile très acceptable pour un meurtre. Surtout si on suppose que votre frère était amoureux de cette fille…

Il se rejeta en arrière.

— À moins, bien entendu, que l'on ne fasse disparaître de la mémoire de son ordinateur tout ce courrier électronique…

Galvani avait compris depuis des éternités où voulait en venir le policier de la Criminelle.

— À part vous et moi, qui est au courant de tout ça ?

— À part vous et moi, personne. Du moins pour le moment.

— Vous allez être amené à collaborer avec les enquêteurs qui travaillent sur la mort de cette fille, je suppose ? Comment s'appelait-elle, au fait ? Vous ne l'avez pas encore dit.

— Esméralda Dancourt. Oui, sans aucun doute, je vais collaborer avec mes collègues de la Brigade Mondaine. Mais rien ne m'empêche de garder certaines informations pour moi. Entre Brigades rivales, vous savez, c'est un truc classique…

Ils se regardèrent longuement. Sans rien dire. Puis Galvani laissa tomber froidement :

— Combien ?

Le vieux policier songea une nouvelle fois au slip panthère de son Marocain préféré.

— Un million, laissa-t-il tomber d'une voix un peu rauque.

Les yeux de Galvani devinrent presque blancs.

— Bien entendu, s'empressa Montanier, à ce prix-là, j'efface non seulement le courrier électronique de votre frère, mais j'en fais de même chez sa maîtresse. Il est tout à fait logique que j'enquête sur elle, dans le cadre de ce… de ce suicide… et que je me rende à son domicile… Personne ne s'étonnera d'une telle démarche.

Galvani se leva.

— Vous imaginez bien que je n'ai pas cette somme ?

Montanier sourit.

— J'en suis persuadé. Du moins pas en liquide, évidemment. De toute façon, je ne veux pas de liquide. Mais un versement sur un compte à l'étranger…

Galvani l'interrompit.

— Écoutez, il faut tout de même que je réfléchisse.

— Pas trop longtemps. Mes collègues de la Brigade Mondaine ne sont pas tombés de la dernière pluie, vous savez. Il serait très regrettable, pour nos intérêts communs, qu'ils visitent l'appartement d'Esméralda Dancourt avant moi…

— Laissez-moi un peu de temps.

Montanier se leva à son tour.

— Il me faut votre réponse dans quarante-huit heures, jeta-t-il d'une voix soudain dure. Je ne vous laisserai pas une heure de plus.

Il avait terriblement hâte, maintenant, de couvrir Karim de cadeaux.

Resté seul, Albert Galvani réfléchit quelques instants. Puis il décrocha son téléphone et appela Manon Brioussot, son assistante. Elle apparut quelques secondes plus tard. Il y avait eu une brève histoire entre eux, autrefois, à l'époque héroïque où Galvani montait sa boîte, mais ça plongeait, comme le disait Manon elle-même, dans la « nuit des temps ». Il arrivait encore à la jeune femme de le regretter. Elle avait cru qu'avec les années elle oublierait. Mais les années n'y faisaient rien. Elle était toujours folle amoureuse du P-DG. S'il lui avait demandé, là, séance tenante, de venir s'agenouiller sous le bureau et de le prendre dans sa bouche, elle n'aurait pas hésité un seul instant. Elle savait aussi qu'il ne le lui demanderait pas. D'autant moins que, maintenant, il y avait Alexia dans sa vie. La très belle Alexia Rouval. Star de télé dont la popularité ne cessait de croître. Cette salope d'Alexia… Si Manon l'avait voulu, elle aurait pu en raconter, des choses, à son patron, sur ce qu'était véritablement Alexia… Mais elle ne le voulait pas et elle ne le ferait pas. Elle considéra Galvani, l'enveloppant de ses yeux mauves. Attendant ce qu'il avait à lui dire.

— Je suis victime d'un chantage, annonça-t-il carrément à sa collaboratrice. Oui, c'est comme ça. Je vous en dirai davantage plus tard. Mon frère est mort, et…

— Votre frère ? Je suis désolée.

— Il n'y a pas de quoi. Toujours est-il que ça va probablement donner lieu à un déballage assez sordide. Je n'ai pas le temps de vous en dire plus. Il faut que j'aille rendre visite à ma belle-sœur. Je ne rentrerai probablement pas au bureau cet après-midi. Si Alexia téléphone…

— Je lui dirai que vous serez chez elle vers dix-neuf heures, compléta Manon.

Il considéra d'un regard affectueux sa silhouette élégante toute vêtue de noir, chemisier en soie et jupe moulante en dentelle de coton.

— Je ne sais pas, dit-il. Il est possible que je sois retenu. Ce qui m'embête, c'est qu'on devait ensemble aller voir *Othello* à l'Opéra ce soir. Si je ne vous ai pas appelé avant dix-huit heures, demandez à Thibault d'accompagner Alexia. De toute façon, Thibault s'y connaît beaucoup mieux que moi en musique.

Une ombre passa sur le beau visage de Manon Brioussot. Thibault Valéra, jeune et brillant employé de Galvani à Futurible SA, était effectivement un expert en musique, pensa-t-elle. Et pas seulement en musique. Elle faillit dire quelque chose. Elle ouvrit la bouche et se retint.

— Maintenant, je voudrais que vous me trouviez un renseignement…

Il évoqua très vite la mort d'Esméralda Dancourt. Sans préciser qu'il s'agissait de la maîtresse de son frère.

— Il paraît que ce sont des policiers de la Brigade Mondaine qui s'occupent de cette affaire. J'ai besoin de connaître leurs identités.

— Je ferai mon possible, murmura Manon.

CHAPITRE VI

Aux tempes de Marco Staner, le sang tapait de plus en plus vite. Eliette, sous lui, se débattait un peu, mais il savait bien que c'était plutôt pour lui faire plaisir, il ne se faisait aucune illusion. Dehors, par les fenêtres ouvertes, montait un boucan infernal. Tout le vacarme du boulevard de Clichy, pourtant relativement lointain puisqu'on était à l'extrémité de la rue André-Antoine qui relie le boulevard à la rue des Abbesses, semblait s'engouffrer dans la petite chambre. Celle-ci se trouvait au cinquième étage d'un vieil immeuble qu'on avait oublié de ravaler, et tout au bout d'un escalier étroit et malodorant. Mais Staner adorait cet endroit. C'était son « annexe », comme il disait. Une des provinces éloignées de son Empire. Il en avait d'autres…

Sans cesser de mastiquer ses cachous, il avait saisi Eliette aux épaules et l'avait plaquée sur le grand lit qui miaulait de tous ses ressorts mis à la torture. Il aimait la prendre comme ça, sans même lui dire bonjour quand il entrait, sans lui demander si elle était d'accord ou pas. De toute façon, elle n'avait pas intérêt à ne pas être d'accord, et elle le savait.

Il ne lui avait même pas laissé le temps, quand il avait débarqué chez elle, de retirer son collant. Il lui avait seulement arraché sa jupe, puis il avait fourragé tout de suite entre ses jambes. Il poussait ses doigts sans gentillesse au fond d'elle. Il sentait son sexe s'entrouvrir à travers le collant. Les mailles avaient fini par craquer et il avait agrandi la déchirure jusqu'à en faire de la charpie. Dessous, elle ne portait jamais de slip. Elle n'avait pas la moindre trace de toison pubienne non plus, bien évidemment. Il s'était chargé de ça depuis belle lurette. Il lui avait aussi, au passage, rasé les aisselles, ce qu'elle ne faisait jamais avant de le connaître. Depuis, elle avait pour consigne de veiller scrupuleusement à ce que tout ça ne repousse pas. Eliette était très brune et très velue, avec des sourcils extrêmement fournis et même une très légère ombre de duvet au-dessus de la lèvre. C'est ça qui l'avait excité. Il s'était dit qu'il allait la changer du tout au tout. Pour mieux prendre possession d'elle.

Il l'avait précipitée sur le lit, et elle y était tombée à genoux, avec cette grande déchirure du collant noir qui lui remontait autour des fesses, encadrant le sillon de sa croupe et le fruit luisant de son sexe parfaitement nu entre ses cuisses écartées. Par-devant, son mont de Vénus épilé saillait de façon étonnante et l'entaille verticale de ses lèvres intimes remontait haut vers le nombril au milieu d'une chair lisse et nette.

Lui-même, à genoux derrière elle, était nu aussi ; et d'autant plus nu qu'il était également complètement épilé. Son crâne lisse étincelait. Et son membre viril qui s'érigeait au milieu d'un ventre glabre en paraissait d'autant plus impressionnant. Eliette creusait bien les reins, enfouissant le visage dans les oreillers. Est-ce qu'elle était excitée ? Il s'en foutait éperdument. Lui, il l'était. À ses yeux c'était bien suffisant. Il ouvrit encore davantage les jambes de la jeune femme et le collant acheva de se déchirer. Il n'en restait plus que la ceinture, autour de la taille. Il tira dessus et la ceinture céda.

« La prochaine fois, je lui rase aussi les cheveux », songea-t-il en regardant sa chevelure noire ondulante. Eliette était forte, ronde, avec de gros seins lourds, un fessier puissant, des hanches larges et des cuisses comme des colonnes. Tout en la pilonnant, il caressait sa croupe large. Elle avait les fesses grasses et laiteuses. Il adorait s'escrimer sur ce corps doux, chaud et docile. C'était sa docilité qui l'excitait, en réalité. Elle n'exigeait jamais rien, elle ne demandait rien, elle ne posait jamais de questions. On pouvait lui faire ce qu'on voulait. Elle ne lui avait même jamais demandé où il habitait et ce qu'il faisait dans la vie. Elle l'accueillait, elle le subissait comme on subit ce qu'on ne peut pas empêcher, des intempéries, le mauvais temps, une tornade soudaine. Peut-être qu'elle y trouvait aussi son plaisir ? Il se le demandait de temps en temps.

Il l'avait repérée, un jour, à travers la vitrine d'un confiseur de la rue Royale. Elle y était employée. Il avait eu tout de suite pour elle une sorte de coup de foudre. Enfin un coup de foudre à sa façon. C'est-à-dire qu'il avait immédiatement décidé qu'elle serait à lui. Il avait attendu l'heure de la fermeture du magasin et il l'avait suivie dans les rues puis dans le métro. Rue André-Antoine, il avait monté l'escalier derrière elle. Quand elle était arrivée devant son studio, tandis qu'elle sortait ses clés, il s'était collé derrière elle et il avait relevé sa jupe. Elle s'était mise à trembler, mais elle n'avait rien dit, elle n'avait pas crié, elle n'avait pas protesté. Tout s'était passé comme s'ils étaient en train d'accomplir un rituel fixé de toute éternité. Le duo du dominant et de la dominée. Du maître et de l'esclave. Il avait *senti*, dès qu'il l'avait vue, et sans même avoir besoin de se le formuler, qu'elle était de la catégorie des esclaves. Il l'avait violée comme ça, debout, sur le palier obscur, sans qu'elle manifeste la moindre révolte. Après seulement, elle avait voulu rentrer chez elle et refermer la porte. Mais il s'était introduit dans l'étroit studio sans lui demander son avis. Elle avait levé vers lui son beau regard de victime. Elle avait murmuré :

— Laissez-moi.

Il lui avait flanqué une claque. Elle n'avait plus rien dit.

Deux jours plus tard, il était revenu tout équipé : rasoir, mousse à raser, etc. Et il avait entrepris de la « débarbouiller », comme il disait quand il pensait aux systèmes pileux féminins. Elle n'avait pas protesté. Elle s'était laissé faire, jambes écartées, pubis recouvert de mousse comme s'il s'était agi de crème chantilly, tandis que, délicatement, la lame de rasoir courait le long des pétales de son intimité.

À la fin de cette seconde rencontre, il lui avait demandé son prénom et son âge. Elle lui avait dit qu'elle s'appelait Eliette et qu'elle avait vingt ans. D'un air presque honteux, et même coupable, elle avait ajouté qu'elle avait un petit ami. Un garçon de son âge qui faisait des études de commerce et qu'elle connaissait depuis six mois. Sans se démonter, il lui avait demandé de l'appeler au téléphone. Deux heures plus tard, le garçon en question débarquait. Eliette, sur l'ordre de Marco, était restée nue, allongée sur le lit, les cuisses écartées sur l'entrée charnelle de son ventre maintenant parfaitement « débarbouillé ». Son petit ami était grand, costaud, musclé, mais tous les muscles du monde ne font pas le poids quand on se trouve en face d'un serpent.

— Ta nana, tu fais une croix dessus, avait annoncé Marco d'une voix calme. Elle est à moi maintenant. Tu vois ça ?

Il s'était emparé du sexe d'Eliette, l'ouvrant du bout des doigts, dégageant ses muqueuses à la façon dont on soulève les babines d'un animal.

— C'est ma marque. C'est ma signature. Ça veut dire qu'on n'y touche plus.

L'autre avait eu une réaction idiote. Il s'était précipité sur Marco, poings en avant. Et avait rencontré les phalanges de ce dernier. Instantanément, on aurait dit qu'il venait de s'écraser un plein tube de vermillon sur les gencives.

— Continue et tu feras la fortune de ton dentiste, avait conclu Marco.

Le garçon avait battu en retraite.

Il accéléra le rythme, attrapant les gros seins de la fille et en tortillant les bouts durs et longs. Elle gémit un peu, mais il était sûr que c'était pour lui faire plaisir. Elle était merveilleuse. Il aurait pu se payer les plus belles créatures du monde, mais aucune ne lui aurait donné autant de plaisir. Ses bouts de seins étaient démesurés, comme d'ailleurs aussi son clitoris, qui se tendait sous la caresse et prenait l'allure d'une grosse perle rose.

Sous la masse de chair du sein gauche, il sentait le cœur d'Eliette battre, tandis qu'il la martelait de plus en plus vite. Il se redressa un peu, creusant le ventre. C'était par derrière qu'il aimait le plus la prendre. Comme ça, il pouvait contempler son sexe ouvert, et le sien qui allait et venait dedans. Il ne pouvait plus se rassasier de son corps. Il l'aurait possédée des heures et des heures. C'était comme une folie, un délire. Cet appartement minable, ce vacarme du quartier de Pigalle, cette fille entièrement dominée, tout cela le mettait hors de lui.

Brusquement, il se dégagea, ressortit de son ventre et remonta plus haut. Il était passé par là dès leur seconde rencontre. Elle n'avait pas protesté, elle ne s'était pas plainte. Elle s'était seulement un peu écrasée sur les coudes, et il l'avait sentie tendue, tant qu'il n'était pas rentré complètement en elle. Ça n'avait pas été facile parce qu'elle était très serrée, côté reins, sans doute n'avait-on pas souvent osé la prendre par là. Les hommes sont si timides… Lui ne l'était pas. Il l'avait envahie sans ménagements, d'un seul coup, tandis qu'elle émettait un râle sourd, une sorte de soupir, ou peut-être une réaction de plaisir. Comment savoir avec une fille pareille ?

Cette fois encore, tout en s'écrasant sur les coudes, elle lâcha un soupir pendant qu'il l'empalait. Puis ce fut la galopade finale. Et Marco Staner, meurtrier d'Esméralda Dancourt puis de Théo Galvani, se déversa à longs jets au fond des reins d'une petite vendeuse de confiserie de la rue Royale. En songeant à la suite des événements. Et aux prochains meurtres qu'il allait, hélas, être obligé de commettre.

C'était ça qui était embêtant, dans le crime : quand on commençait on n'en avait jamais fini.

Mais ça avait aussi du bon. Notamment à cause des regards terrorisés des victimes quand elles comprenaient que oui, vraiment, il n'y avait plus rien à faire et que leur dernière heure était arrivée.

C'était curieux comme, jusqu'au dernier moment, les gens ne se résignent pas à mourir. Ils ne parviennent pas à y croire.

*
*   *

Avec des sentiments de dégoût à peine dissimulés, le commandant de police Boris Corentin et le capitaine de police Aimé Brichot regardaient leur vis-à-vis noyer ses frites et son steack haché sous un Niagara de ketchup.

— Écoute, reprit Boris patiemment, tu étais l'ami d'Esméralda, non ? Alors tu devrais avoir envie de nous aider pour retrouver celui qui a provoqué sa mort. Si tant est que ce ne soit pas un accident…

Fabrice Denizot releva les yeux et considéra le grand flic brun qui était assis en face de lui dans ce fast-food du boulevard Saint-Michel, juste au-dessus du Panthéon. Il avait un visage triangulaire un peu maladif et son regard était cerné. Il avala deux ou trois frites en silence.

— Je vous ai déjà dit, murmura-t-il enfin, que j'étais complètement cassé. Défoncé si vous préférez. Je ne me souviens de rien. Ce type, celui qui nous a emmenés dans sa Range Rover, si je le rencontrais dans la rue, s'il entrait ici, à l'instant même, je ne le reconnaîtrais pas. Je crois seulement me rappeler que c'était un vieux…

— Un vieux ?

— Il n'avait plus un poil sur le caillou. Il était complètement chauve, quoi. La boule à zéro.

— Un vieux de quel âge ? insista Brichot.

L'adolescent haussa les épaules.

— Je ne sais pas. Trente. Quarante.

Ses yeux se brouillèrent.

— Dire que cette salope d'Esméralda a baisé avec lui.

Il s'empourpra un peu.

— Je ne devrais pas dire ça. Esméralda est morte.

Boris se pencha vers lui.

— Tu l'aimais bien, n'est-ce pas ?

Le gamin ravala sa glotte.

— Oui.

— Un peu plus que ça, même ?

— Un peu plus. Beaucoup plus. Je l'aimais, quoi, merde. Ça faisait des années que je l'aimais, mais elle ne voulait pas de moi.

— Pourquoi ? Elle ne te trouvait pas mignon ?

— Si. Justement. Trop mignon.

Il paraissait au bord de chialer.

— Elle n'aimait que les vieux, je vous dis. Les chauves. Compensation du manque de présence paternelle, ça s'appelle. Alors moi, vous comprenez…

Son regard se brouilla de nouveau.

— Depuis près d'un an, elle avait un type régulier.

Un sale con marié, je crois, un mec de quarante-cinq balais au moins…

Boris alluma une Gitane blonde.

— Tu le connais ? Tu l'as vu ?

Il secoua la tête.

— Non, jamais. Je ne sais même pas son nom. De toute façon, elle ne le voyait pas souvent, une ou deux fois par semaine à tout casser, quand il arrivait à se libérer. Même que ça l'énervait, Esméralda, cette situation. Elle disait que ce type la gonflait, qu'il se foutait de sa gueule, qu'il lui promettait de quitter sa femme et qu'il ne le ferait jamais…

Il releva la longue mèche brune qui lui tombait sur le sourcil gauche.

— Elle a quand même prononcé deux ou trois fois son prénom devant moi : Théo…

Boris soupira. Le gamin n'avait pas voulu que les deux policiers le retrouvent chez lui, dans le IXe arrondissement, rapport à ses parents, disait-il, qui auraient eu une crise cardiaque s'ils avaient su que leur fils était mêlé, même de si loin que ce soit, à ce qui était peut-être une affaire de meurtre.

Boris tira une bouffée de sa Gitane blonde.

— Cette fête dans le Périgord, enfin ce concert techno… Quand l'as-tu quitté ?

— Dimanche soir. J'ai trouvé un type qui remontait sur Paris. Il m'a embarqué dans sa voiture.

— Et tu n'as pas cherché, avant de partir, à savoir ce que devenait Esméralda ?

— Si, bien sûr, mais je ne sais pas si vous vous rendez compte, il y avait des milliers de gens. Ajoutez à ça la musique, la fatigue, et puis tout ce que j'avais pris comme saloperies pour planer… Je n'avais plus vraiment l'esprit très clair. De toute façon, Esméralda, je ne l'ai pas revue. Introuvable. Disparue.

— Et les autres ? intervint Brichot. Les copains avec

lesquels vous êtes descendus dans le Périgord ? Tu veux bien nous en parler un peu ?

— Sophie et Victor ? Mais ce ne sont pas des copains ! Je ne sais même pas leur nom de famille. On se rencontre de temps en temps dans des concerts, c'est tout. Maintenant, si vous voulez, je peux essayer de retrouver leur trace. Je connais à peu près tous les cafés de la Bastille où ils se rassemblent...

— Bien sûr qu'on veut, opina Corentin.

Il hésita.

— Écoute, je sais bien que c'est ta vie privée, mais on est flics, alors c'est notre métier de poser des questions indiscrètes. De toute façon ça restera entre nous. Il y a quelque chose, malgré tout, que j'ai besoin de savoir : Esméralda et toi ? Il n'y a jamais rien eu ?

L'adolescent enfourna une dizaine de frites.

— Rien, fit-il d'une voix presque gémissante. Pas ça ! Elle n'a jamais voulu, je vous dis.

— Tu ne l'as donc jamais vue...

— À poil ? compléta de lui-même Fabrice Denizot. Si. Et même pas mal de fois, l'année dernière...

— L'année dernière ?

— En août dernier, quand on a passé quinze jours de vacances avec plusieurs copains dans la maison de son père, près de Saint-Raphaël. Son père n'était pas là, on avait la villa pour nous tout seuls, on se baignait tout nus dans la piscine.

Boris croisa ses longues mains hâlées.

— Je sais bien que c'est un peu cruel de te demander ça, mais j'aimerais que tu me la décrives, Esméralda.

Les yeux de Fabrice s'agrandirent.

— Que je vous la décrive ? Mais c'était la plus belle fille du monde, quoi, qu'est-ce que vous voulez que je dise de plus ?

— Je sais qu'elle était belle, dit Boris, on a vu des photos d'elle. Mais…

— À propos de photos, le coupa l'adolescent, je suis sûr que celle-là vous ne l'avez pas vue…

Il se fouilla, sortit un portefeuille de son blouson et en tira une polaroïd.

— Ça fait un an que je l'ai sur moi. Si elle l'avait su, elle m'aurait engueulé.

Boris attrapa le document. En plein soleil, au milieu d'un paysage paradisiaque, Esméralda ressortait de la piscine. Ruisselante, bronzée, riant aux éclats, elle était photographiée de face. Dans le plus simple appareil. Et, au centre d'elle, explosait la forêt triangulaire d'un pubis large et noir. Absolument pas épilé.

Brichot se pencha pour regarder aussi le cliché. Ils l'examinèrent en silence. Visités par la même pensée.

Boris rendit la photo à Fabrice Denizot.

— Merci, dit-il.

Il savait maintenant ce qu'il voulait savoir.

*

*   *

À peu près au même moment, rue de Richelieu, Ludovic Montanier éteignait l'ordinateur d'Esméralda Dancourt. Il n'avait eu aucune peine à lui arracher ses secrets. Dans un fichier tout simplement intitulé « Théo », il avait trouvé le courrier qu'elle envoyait par e-mail à son amant.

Montanier, qui avait pensé à se munir d'une disquette, avait recopié dessus l'intégralité de ces documents. Puis il avait fait glisser la rubrique courrier dans la corbeille. Et il avait cliqué sur « vider la corbeille ». Maintenant, le Mac d'Esméralda était nettoyé.

Bien entendu, il avait procédé au même genre de « ménage » chez Galvani.

Il empocha la disquette puis s'épongea le front d'un revers de bras. Dans ce studio tout en longueur et sous les toits, au sixième étage d'un immeuble en pierre de taille, il faisait une chaleur à crever. Il parcourut du regard le décor. Plafonds mansardés, canapé rouge, Vélux donnant sur les toits de Paris. Quelques étagères couvertes de livres. Une minuscule télé. Une penderie. Un grand lit. Et trois plantes vertes qui piquaient du nez parce que personne ne les avait arrosées depuis longtemps. Il avait fouillé un peu dans tout ça, à la recherche d'il ne savait trop quoi, plutôt par acquis de conscience, dans l'espoir de trouver des trucs qui rendraient plus solide son chantage. Mais il n'avait mis la main sur rien d'intéressant. Ce qui le chagrinait vaguement. Son entrevue avec Albert Galvani lui avait laissé une drôle d'impression. Galvani, pour tout dire, il ne le « sentait » pas. Et c'était extrêmement fâcheux. Si ce chantage foirait, comment, sans un sou, allait-il pouvoir continuer à retenir Karim ?

CHAPITRE VII

Albert Galvani n'était pas revenu ici depuis des années, mais rien, visiblement, ne s'y était arrangé. Il grimaça. Le domicile de son frère cadet Théo, et de sa femme, Aurélie, donnait une impression d'abandon. Pire : de désolation. C'était pourtant une assez jolie maison, tout au bout de la rue Nansouty, une impasse donnant sur le parc Montsouris, en bordure de l'avenue Reille, près de la porte d'Orléans. Théo l'avait achetée du temps de sa splendeur, quand il croyait encore qu'il allait gagner des fortunes avec son agence de détective privé. Depuis, tout s'y était dégradé. Le papier peint rose des murs était défraîchi et, à certains endroits, tournait au jaunâtre. Les fauteuils étaient cassés, le canapé blanc du salon maculé de taches et de brûlures de cigarettes. De la poussière s'accumulait partout. Il valait mieux ne pas penser à l'état de la cuisine.

Et, au milieu de tout ça, il y avait Aurélie. Qui était comme un résumé du désastre de la vie de son frère.

Elle l'avait accueilli en titubant, elle s'était pratiquement jetée à son cou comme s'ils s'étaient vus la veille, et elle s'était mis à roucouler des trucs indistincts. Galvani avait tout de suite compris qu'elle était saoule. Ivre-morte.

C'était à se demander si elle le reconnaissait. Le patron de Futurible SA essaya de décrocher ses deux bras, mais elle se cramponnait à lui comme une noyée. Elle était blonde, outrageusement blonde, et même platinée comme dans les films hollywoodiens des années trente, avec des seins plantureux, des hanches grasses et un ventre un peu trop rond. Sous un déshabillé transparent rose, couvert de taches et entrouvert, elle était nue, exhibant sans complexes son ventre ombré d'une toison pubienne épaisse, sauvagement noire, qui démentait la blondeur de ses cheveux.

— Aurélie ! protesta Galvani en continuant à essayer de se détacher de sa belle-sœur, c'est moi, Albert, le frère de Théo.

— Théo ? grogna Aurélie en se poussant du ventre et des cuisses contre l'homme. Pas vu depuis deux jours, Théo ! Envolé, Théo ! Pfuitt ! Parti ! Disparu ! Bon débarras !

— Aurélie, reprit Galvani, c'est justement de Théo que je suis venu te parler. Il faut absolument que tu m'écoutes. C'est sérieux.

— Sérieux ?

Elle n'avait pas l'air de comprendre le sens de ce mot.

— Je n'ai plus rien à boire, reprit-elle de la même voix pâteuse. Plus rien à fumer non plus. J'espère que tu as apporté des cigarettes et une bouteille, chéri ? Si tu en as apporté, on va bien s'amuser, tous les deux.

Non, il n'avait rien apporté du tout et il aurait donné des fortunes pour se trouver à dix mille kilomètres de cette baraque. Il parvint enfin à repousser la jeune femme. La tenant à bout de bras, il plongea son regard dans ses yeux vitreux.

— Aurélie, reprit-il d'une voix énergique, c'est moi, ton beau-frère. J'ai quelque chose à te dire. Quelque chose de très sérieux.

Il avait martelé les mots. Elle parut sortir un instant de sa torpeur. Elle fit visiblement un gros effort de réflexion, puis conclut :

— Je crois que j'ai encore un reste de gin. Je

déteste le gin, mais tant pis. À la guerre comme à la guerre, hein ?

Elle pivota sur elle-même et, chavirant de la croupe, dérapant presque à chaque pas, se dirigea vers la cuisine. Resté seul, Galvani chercha un endroit où s'asseoir. Les fauteuils semblaient près de s'écrouler. Il n'y avait que le canapé. Il ôta les magazines et les journaux qui l'encombraient et s'assit. Toujours titubante, Aurélie revint, portant une bouteille et un verre.

— Il n'y a plus que celui-là de propre, dit-elle en brandissant le verre. On boira dans le même, ça ne te dérange pas ?

Il s'abstint de répondre. Aurélie se laissa tomber lourdement sur le canapé, tout contre lui, collant sa hanche grasse à la sienne. Il essaya de s'écarter discrètement, mais il était coincé par l'accoudoir. Il la regarda se verser le fond de gin et l'avaler d'un trait. Puis elle balança la bouteille vide à l'autre bout de la pièce.

— Alors tu as profité de l'absence de Théo pour venir me voir, mon salaud, minauda-t-elle en se poussant encore de la hanche contre lui. Moi je ne demande pas mieux, tu sais, je t'ai toujours trouvé à mon goût…

Elle allongea le bras et sa main atterrit sur la cuisse droite de Galvani. Très vite, elle remonta vers la fermeture Éclair de son pantalon.

— Non, souffla le P-DG de Futurible SA. Ce n'est pas le moment.

— C'est toujours le moment pour une pipe, lâcha Aurélie de sa voix rauque.

Elle le massait fébrilement au bon endroit. Il avait beau ne pas avoir du tout la tête à ça, la chair est faible, et, involontairement il se sentait durcir et grossir.

— Théo, attaqua-t-il…

— Théo, on l'emmerde.

— Théo est mort, laissa enfin tomber Galvani.

Elle était en train de descendre sa fermeture à glissière. Tout se passa comme si elle n'avait pas entendu. Ou comme s'il lui avait parlé dans une langue étrangère et qu'elle n'avait rien compris. Elle continua à ouvrir son pantalon et, l'air absent, le chercha sous l'étoffe prince-de-galles.

Quand elle l'eut bien en main, elle se bloqua. Les derniers mots qu'il avait prononcés venaient enfin de se frayer un chemin à travers son cerveau dévasté.

— Qu'est-ce que tu as dit ?

Elle le tenait toujours, mais elle ne bougeait plus.

— Je suis désolé, reprit-il, mais je préférais que tu le saches par moi. Théo est mort.

Il essayait désespérément de retirer sa main.

— Mort ?

Ses doigts serraient toujours l'engin viril de Galvani. Elle répéta encore plusieurs fois « mort », puis soudain sembla se réveiller et retira précipitamment sa main du pantalon de son beau-frère.

— C'est pas vrai ! cria-t-elle. C'est pas possible ! Tu dis ça pour me faire du mal ! Ordure ! Tu profites de ce que j'ai bu pour venir me baiser et tu me racontes des saloperies !

Galvani se rebraguetta.

— Je ne suis pas du tout venu te baiser, corrigea-t-il posément, et ce que je dis est hélas la pure vérité. Théo est mort.

— Je ne te crois pas ! cria-t-elle encore. Pourquoi, d'abord, serait-il mort ?

— Je ne sais pas. Il s'est suicidé.

— Suicidé ?

Ses gros seins montaient et descendaient, sous le déshabillé transparent, à un rythme précipité.

— Et tu profites de son suicide pour venir me violer ? hurla-t-elle en se levant précipitamment.

— Je ne fais rien de semblable. C'est toi qui…

— Une minute de plus, et moi je te suçais ! glapit-elle encore. Salaud !

Et elle ajouta :

— Quand Théo le saura, il te cassera la gueule !

Puis elle réalisa de nouveau que son mari était mort et elle éclata en sanglots.

— C'est toi qui l'as tué, espèce d'assassin ! accusa-t-elle ensuite de la même voix criarde. S'il s'est suicidé, c'est parce que tu as toujours refusé de l'aider !

Galvani se leva aussi.

— Écoute, Aurélie…

Elle tapa du pied.

— Fous le camp ! Tu l'as tué ! Tu savais qu'il avait des problèmes avec son agence, et tu n'as jamais levé le petit doigt pour le dépanner !

Galvani se cabra. C'était une allégation d'autant plus injuste qu'il avait au contraire prêté de l'argent à son frère quand il avait ouvert son agence. Une somme considérable dont, bien entendu, il n'avait jamais revu la couleur. Il ouvrit la bouche pour le dire à sa belle-sœur, mais, à la réflexion, il préféra s'abstenir.

— Et en plus de le persécuter, gueula-t-elle encore, tu viens ici profiter de mon chagrin pour essayer de me sauter ! Si tu ne fous pas le camp tout de suite, j'appelle les flics et je leur dis que tu as voulu me violer !

Elle avait les yeux hors de la tête. Galvani hésita un instant, puis il prit la seule décision raisonnable : battre en retraite avant que cette folle ne mette sa menace à exécution. À grandes enjambées, il gagna la sortie. Tandis qu'il ouvrait la porte, il l'entendit encore hurler :

— Violeur ! Assassin !

Finalement, après l'épisode plutôt éprouvant de sa visite chez Aurélie, Albert Galvani, au volant de sa

BMW 320 décapotable, avait repris la direction d'Issy-les-Moulineaux et de ses bureaux de Futurible SA. Et puis, à l'approche du périphérique, il avait brusquement changé d'avis et fait demi-tour. Cap sur la rue d'Auteuil, où se trouvait l'appartement d'Alexia.

Il avait regardé sa montre : presque treize heures. Alexia devait être en train de se réveiller. Depuis qu'elle animait en direct *Rien que la vérité*, une émission où les gens se racontaient à cœur ouvert, exposaient leurs problèmes, leurs drames les plus intimes, elle ne se couchait jamais avant deux ou trois heures du matin. Et ne se levait, par conséquent, que fort tard.

Il avait décroché son téléphone de bord et appelé Manon, à son bureau, pour lui indiquer où elle pourrait le joindre pendant une heure ou deux.

— J'ai votre information, lui avait dit son assistante.

— Quelle information ?

— Les noms des policiers de la Brigade Mondaine qui enquêtent sur la mort de cette jeune fille, Esméralda Dancourt.

— Bravo, avait apprécié Galvani. Alors ?

— Ils sont deux : le commandant de police Corentin et le capitaine de police Brichot.

Galvani avait emmagasiné ces deux noms dans sa mémoire

— Chapeau pour la rapidité, avait-il dit avant de raccrocher.

Il admirait Manon, sa discrétion, son efficacité, son amour du boulot bien fait. Parfaite assistante. Femme de confiance idéale. De temps en temps, même encore maintenant, il regrettait de l'avoir laissée tomber, de ne pas être allé plus loin avec elle. Seulement voilà, il y avait sa vanité à lui. Son goût du pouvoir et de la façade sociale flatteuse. Socialement, Manon n'était rien. Belle, c'est vrai, et intelligente, mais elle ne faisait pas le poids. Alexia, c'était autre chose. Une vedette. Une star. Exactement la femme qu'il lui fallait pour parader dans les réceptions, en mettre plein la vue à tout le monde, apparaître comme le signe éclatant de sa propre réussite. Il était comme ça aussi Galvani. Il aimait ce qui brille. On ne se refait pas.

Après sa conversation avec Manon, il avait appuyé sur l'accélérateur. Comme toujours quand il était plongé jusqu'au cou dans les problèmes, ça lui donnait une féroce envie de faire l'amour. Et l'amour, à ses yeux, ça ne pouvait être fait qu'avec Alexia. Depuis qu'il la connaissait, il était pratiquement incapable de regarder les autres femmes.

*

* *

Au même instant, dans le bureau des Affaires Recommandées, au second étage du 36 quai des Orfèvres, Boris Corentin sursautait, combiné téléphonique collé à l'oreille.

— Quoi ? Qu'est-ce que tu dis ?

À l'autre bout du fil, la voix lente de Ludovic Montanier reprit :

— Je n'ai appris que ce matin que vous étiez sur l'affaire Esméralda Dancourt. Sinon, tu penses bien que je t'aurais appelé plus tôt.

Le vieux policier de la Brigade Criminelle toussota.

— Cela dit, il n'y a aucune preuve que ces deux histoires soient liées.

Boris esquissa un sourire.

— C'est un peu gros quand même comme coïncidence, tu ne trouves pas ? Une fille est retrouvée morte à la fin d'une fête techno dans le Périgord. À peu près dans le même temps, un type, à Paris, est retrouvé pendu. Et il se trouve que cette fille et ce type étaient amants.

Il y eut un silence.

— On a vu plus étonnant, murmura Ludovic Montanier.

— Peut-être, fit Boris, mais enfin ça donne à penser…

— Moi, tu sais, souffla Montanier dans le téléphone, je suis à un an de la retraite, alors je pense le moins possible.

— Ce type, ce détective privé, Théo Galvani… Tu es sûr que c'est un suicide ?

— Sûr et certain. Son agence était en train de se casser la gueule, il avait récemment viré ses deux employés, il avait toutes les raisons de se foutre en l'air.

— Il avait encore quelque chose à quoi se raccrocher, objecta Boris : une petite amie de dix-neuf ans. Tu crois qu'on se suicide, quand on a une petite amie de dix-neuf ans, et jolie comme un cœur par-dessus le marché ?

— Je ne sais pas, murmura le policier de la Crime. Mais d'après ce que tu me dis, elle était partie avec un autre en Dordogne…

— Ça, jeta Boris, on aimerait bien en être sûrs. En tout cas, on n'a aucune information sur l'identité du bonhomme en question.

Il laissa son regard errer sur le papier où il avait pris des notes tandis que Montanier lui parlait.

— Galvani, dit-il brusquement. Théo Galvani… Ça n'a aucun rapport avec l'autre Galvani ?

— Quel autre Galvani ? interrogea Montanier avec réticence.

La mémoire phénoménale de Boris lui fournit la réponse.

— Albert Galvani. Le patron de Futurible SA, si je ne me trompe pas. J'ai lu un article sur sa réussite, il n'y a pas longtemps, dans une revue économique.

Montanier eut un petit rire crispé.

— Gagné, Boris, dut-il admettre. C'est le frère de Théo Galvani. Je l'ai rencontré ce matin, justement, et je lui ai posé quelques questions, mais il ne sait pas grand-chose. Théo et lui étaient plus ou moins brouillés.

— Pourquoi tu ne me le disais pas ? Tu me fais des cachotteries maintenant ?

L'autre eut de nouveau son petit rire crispé.

— Non, mais je voulais m'assurer que tu étais toujours l'as des as. Bravo.

Quelques instants plus tard, après avoir échangé des amabilités, ils raccrochèrent.

Montanier resta quelques minutes, dans son bureau de la Brigade Criminelle, à regarder le téléphone. Assez mécontent de lui-même. Mais qu'est-ce qu'il aurait pu faire d'autre ? Appeler Corentin ou Brichot, les prévenir qu'ils étaient plus ou moins sur la même affaire que lui, était la moindre des choses. S'abstenir aurait paru suspect, à un moment ou à un autre. Il essaya de se dire que comme ça il contrôlait mieux les événements, mais il ne parvint pas vraiment à se convaincre lui-même. Il était vieux et il avait du métier, d'accord, mais rouler Corentin relevait de la mission impossible.

*
*   *

Debout, tournant le dos à la coiffeuse Louis XV, Albert Galvani regardait la bouche pulpeuse d'Alexia se poser sur le sommet de son membre. Elle en agaça l'extrémité du bout de la langue, puis, ouvrant grand les lèvres, glissa et l'avala en un lent enveloppement délicieux.

Il était arrivé rue d'Auteuil cinq minutes plus tôt.

Comme d'habitude c'est Maïa, la femme de chambre d'Alexia, qui lui avait ouvert. Petite, mince, timide, Maïa était d'origine togolaise. Ses cheveux très ras, sa figure ronde et sa peau d'un noir profond contrastaient avec sa tenue de travail : chemisier blanc, jupe blanche, tablier blanc en forme de cœur. Elle avait vingt ans et la silhouette d'une gosse de treize ou quatorze.

Galvani était allé directement dans la chambre d'Alexia. L'appartement de la jeune femme, rue d'Auteuil, faisait plus de deux cents mètres carrés et était décoré ultra-moderne, à part quelques meubles anciens estampillés choisis avec un raffinement extrême. Tout ce luxe n'impressionnait pas Albert Galvani. Son propre appartement, avenue Foch, faisait près du double. De temps en temps, il insistait pour qu'Alexia vienne vivre chez lui, mais elle résistait, elle trouvait que c'était encore trop tôt. Quand elle voulait l'énerver, elle ajoutait qu'elle était beaucoup trop jeune pour se mettre en ménage avec quelqu'un. Des conneries qui avaient le talent d'exaspérer Galvani.

Alexia était déjà réveillée et levée. Assise sur un tabouret, elle s'étudiait face à la glace d'une coiffeuse Louis XV. Elle était totalement nue, hormis deux étonnants bracelets, de grosses manchettes en métal martelé et doré qui venaient de chez Saint-Laurent et que Galvani lui avait offertes. Il avait examiné avec émotion le long dos étroit de sa maîtresse, ses hanches larges, son bassin puissant, ses fesses épanouies sur le tabouret.

— Tu aurais pu me prévenir, avait-elle dit sans se retourner, en le regardant dans la glace. Si tu m'avais trouvée en train de me faire sauter, on aurait l'air malins.

— Si je te trouvais en train de te faire sauter, je te tuerais, avait répondu Galvani.

Il était parfaitement sérieux. Depuis qu'il était

l'amant d'Alexia, il s'était découvert des sentiments qu'il n'avait jamais soupçonnés jusqu'ici : la jalousie, la soif de possession. Alexia, il la voulait en toute propriété. En exclusivité. Définitivement. Il savait que c'était fou, irréaliste, mais il était incapable, désormais, de penser autrement.

Il ne faisait d'exception que pour les femmes et ça tombait bien parce qu'Alexia ne dédaignait pas, de temps en temps, les escapades saphiques. Galvani savait très bien ce qui se passait, certains matins, entre elle et Maïa, la jeune servante togolaise. Ni l'une ni l'autre n'étaient vraiment lesbiennes, mais elles adoraient se caresser. Un jour, il avait débarqué sans crier gare et il les avait retrouvées au lit, la tête de Maïa entre les jambes d'Alexia, la langue dardée dans son buisson intime. Il n'avait rien dit. Il s'était simplement assis au pied du lit et il avait attendu que ça se passe. En profitant d'un spectacle qui, il fallait bien l'avouer, était assez émouvant.

Ce matin, dès son arrivée, il s'était déboutonné, et, sans préambule, avait mis sous le nez d'Alexia son engin viril tout congestionné et d'une taille impressionnante.

Alexia avait souri.

— Ça ne peut pas attendre ce soir ? avait-elle demandé doucement. Je suis un peu pressée, et…

— Non, avait dit énergiquement Galvani. Ça ne peut pas attendre. De toute façon, ce soir, je ne crois pas que je pourrai te voir.

— Mais on devait aller à l'Opéra ?

— Voir *Othello*, je sais, mais je ne pourrai pas. Mais ne t'inquiète pas, j'ai tout arrangé. Tu iras avec Thibault. De toute façon, l'Opéra, moi, je n'y connais rien. Lui c'est un expert.

Alexia avait fait une sorte de moue un peu boudeuse. Ce n'était pas la première fois que, pris par des obligations de dernière minute, il demandait à Thibault Valéra, son plus jeune et plus brillant collaborateur, de le remplacer auprès de sa maîtresse. Célibataire, charmant, intelligent, et, par-dessus le marché, fin connaisseur en musique lyrique, Valéra était un compagnon de tout repos pour Alexia. Du moins Galvani en était-il persuadé.

Alexia avait fait semblant de se résigner. Avec un soupir, elle s'était débarrassée de ses énormes bracelets-manchettes, puis elle avait avancé sa bouche vers l'énormité virile le long de laquelle battait un épais réseau de veines bleues. Et il s'était vu disparaître entre les lèvres d'une des femmes les plus célèbres de France.

Grande, superbe, royale, avec sa chevelure rousse et ses yeux verts où dansaient des poussières d'or, Alexia Rouval faisait régulièrement, depuis quelques mois, la « Une » des magazines les plus populaires. Le plus drôle c'est qu'autrefois, l'animatrice de *Rien que la vérité* avait été une petite fille au visage plutôt ingrat mangé par de grosses lunettes de myope, avec une silhouette maigre et des cheveux châtain sans grâce. Quelques années et pas mal de soins esthétiques plus tard, sa métamorphose accomplie, elle avait fait ses premières apparitions à la télévision sur une antenne régionale comme présentatrice du Journal. Rousse désormais, d'un roux sombre et fauve qui lui donnait l'air d'une lionne, élégante, sûre d'elle, son sourire et son charme avaient très vite conquis le public. Un an plus tard, elle présentait le Journal du matin sur une des plus grandes chaînes nationales. Puis, très vite, ce fut le Journal du soir. Maintenant, elle animait plusieurs émissions-vedettes, et son salaire annuel avoisinait les dix millions de francs.

Elle approchait de l'apogée de sa carrière et tout semblait lui réussir. Galvani et elle s'étaient rencontrés quelques mois plus tôt dans un cocktail. Ils avaient discuté dix minutes auprès du buffet, puis Galvani, comme il le faisait à chaque fois qu'une femme lui plaisait, avait carrément joué son va-tout. Il avait pris la main de la jeune femme et il lui avait dit : « Venez. » Puis, fendant la foule, il l'avait entraînée jusque dans les toilettes. Il s'était enfermé avec elle dans une cabine, l'avait assise sur le siège et s'était carrément déboutonné. Elle avait regardé un instant le membre qu'il dardait vers elle, avait lâché un léger soupir, puis avait plongé de la nuque et l'avait englouti. Durant cette fellation inoubliable, Galvani s'était une fois de plus félicité de son sens psychologique. Il était riche, d'accord, mais il n'avait rien d'un Apollon, avec sa silhouette massive, son menton en forme de marteau et ses cheveux drus qui commençaient à grisonner. Mais il émanait de lui une sensation de puissance, d'énergie, de confiance en lui-même, qui étaient irrésistibles. Alexia n'avait pas résisté.

À un moment, tandis qu'elle entreprenait de lécher les sacs de chair qui pendaient sous son membre, il la retint, mains plongées dans ses cheveux.

— Arrête, murmura-t-il.

Il ne voulait pas partir comme ça. Pas si vite. Il la fit changer de place. Lui-même s'installa sur le tabouret et il la fit asseoir sur lui, de dos, jambes très écartées. Elle obéit docilement, descendant de la croupe, sexe bien ouvert, pour se retrouver bientôt empalée, complètement envahie par le membre de son amant. Elle se mit à haleter, montant et descendant sur ce pieu de chair.

— Non, pas si vite, lâcha Galvani d'une voix oppressée.

Elle tordit la nuque pour le regarder de trois quarts.

— Qu'est-ce qu'il y a ? interrogea-t-elle.

— Quoi, qu'est-ce qu'il y a ?

— Je te sens préoccupé. Tu n'es pas dans ton assiette.

Une fois de plus, il admira l'intelligence et l'intuition de sa maîtresse.

— Non, ça ne va pas trop bien, reconnut-il en bougeant, d'un coup de reins, pour s'enfoncer plus profondément.

Puis, de nouveau, il s'immobilisa.

— Tu veux en parler ? demanda-t-elle.

Il réfléchit.

— Oui, dit-il enfin.

Il y eut un silence. Puis :

— Tu te souviens que j'ai un frère, Théo ? J'ai dû t'en parler deux ou trois fois ?

Curieusement, il la sentit tressaillir. Ses muscles intimes se resserrèrent autour de lui.

— Ton frère ? Je ne me souvenais pas que tu avais un frère, dit-elle.

— J'*avais*, en effet, dit-il. Mais je n'ai plus. Il est mort. Suicidé.

Nouveau resserrement des muscles secrets d'Alexia autour de lui.

— Suicidé ? Mais pourquoi ?

— Je ne sais pas très bien, c'est une histoire étrange. D'après la police, il était au bord de la faillite et il avait la justice au cul parce qu'il faisait chanter certains de ses clients et que ceux-ci avaient porté plainte.

Alexia avait recommencé à monter et à descendre autour de son membre, mais très lentement, très doucement.

— C'est horrible… soupira-t-elle.

— Comme tu dis, murmura Galvani. Et puis enfin… Je ne veux pas être sordide et ne penser qu'à moi, mais ça tombe plutôt mal, tu avoueras. S'il y a un déballage médiatique, un scandale, ça ne va pas du tout arranger mes affaires…

— Un scandale ? Pourquoi y aurait-il un scandale ?

Elle avait frémi. Tremblé plutôt. Un long tremblement qui l'avait prise à la racine du dos et avait grimpé jusqu'à ses épaules. Il attribua cela à l'effet produit par son membre sur lequel elle continuait à monter et descendre.

— Je ne sais pas. Si la police met vraiment son nez dans les affaires de mon frère, les journalistes vont aussi s'en mêler, s'intéresser à moi et ainsi de suite. Je n'ai rien à me reprocher, mais j'imagine quand même le bordel. Par-dessus le marché, il y a Aurélie, et…

— Aurélie ?

— La femme de Théo. Enfin sa veuve maintenant. Ma belle-sœur. Je suis allé la voir, ce matin…

— Et ?…

— Et ça a été épouvantable. Elle était tellement saoule qu'elle a essayé de me draguer, tu te rends compte de la situation ? Puis, quand je suis parvenu à lui faire rentrer dans la tête que son mari avait été retrouvé pendu, elle m'a accusé d'être responsable du drame. Maintenant, j'ai l'impression qu'elle me déteste. Si les journalistes vont la voir, elle se fera un plaisir de raconter n'importe quoi à mon propos.

Il s'abstint d'ajouter que, par-dessus le marché, il était l'objet d'un chantage de la part d'un flic de la Criminelle. Il s'abstint aussi de parler de l'autre mort suspecte, celle d'une certaine Esméralda Dancourt qui avait été la maîtresse de son frère.

— Je ne sais pas quoi faire… murmura-t-il.

Elle gigotait toujours en douceur au-dessus de lui.

— Pourquoi voudrais-tu faire quelque chose ? Cette histoire est horrible mais tu n'en es pas responsable. Si ton frère a fait des conneries, ce n'est tout de même pas toi le coupable.

Il caressa machinalement ses hanches. Il pensait à autre chose.

— Si on ouvre la boîte à Pandore, je ne sais pas ce qui va en sortir.

De nouveau la gueule sinistre d'Hauterives, le bras droit du chef du Parti républicain et démocrate, s'encadra dans son champ de vision imaginaire. Galvani n'était pas du sérail. Il avait débarqué dans le monde politique comme un éléphant dans un magasin de porcelaine. Sa présence dans le parti inquiétait tout le monde. Et tout le monde serait ravi de trouver une occasion de l'éjecter.

— Théo aurait quand même pu attendre que les élections soient passées pour se foutre en l'air, grogna-t-il.

À ce moment, la porte s'ouvrit et Maïa apparut. Elle apportait les journaux du matin. Un lourd paquet de magazines et de quotidiens. Elle déposa les journaux sur un meuble. Son petit visage rond et sombre à la bouche en cœur ne reflétait rien. Ce n'était pas la première fois qu'elle surprenait sa patronne et Galvani dans ce genre de situation. Elle allait faire demi-tour quand Alexia, toujours empalée sur son amant, lança :

— Viens !

Alexia se retourna du buste vers Albert Galvani, l'interrogeant des yeux. Il hocha la tête. La jeune Togolaise avait déjà compris ce qu'on attendait d'elle. Elle s'agenouilla entre les jambes d'Alexia et, le visage à quelques millimètres de l'endroit où le membre de Galvani s'emboîtait dans le sexe de sa maîtresse, posa sa bouche sur le clitoris de cette dernière.

Elle le lécha cinq minutes, jusqu'à ce que l'organe minuscule de l'animatrice de *Rien que la vérité* se fût érigé, long comme un doigt d'enfant et cramoisi d'excitation. Alexia poussait des cris de plaisir et ses mouvements devenaient de plus en plus désordonnés. Bientôt, elle prit à deux mains la tête ronde de Maïa et la força à descendre un peu plus bas, jusqu'à ce que sa langue rencontre à la fois le membre de Galvani et ses propres lèvres intimes. C'était la première fois que Maïa faisait ça et Galvani lui-même dut admettre intérieurement que c'était délicieux.

Pourtant, même au bord d'exploser comme il était, ses angoisses ne le quittaient pas. Il était coincé. D'un côté un flic véreux qui le faisait plus ou moins chanter, de l'autre le risque d'un déballage sordide qui risquait d'engloutir ses ambitions politiques. Que faire ? Comment s'en sortir ? Où chercher des alliés ?

« Il faut que je voie les deux policiers qui s'occupent de l'affaire Esméralda Dancourt », songea-t-il alors qu'une onde de plaisir venait de lui pincer les reins.

L'instant d'après, il jouissait si abondamment dans le ventre de sa maîtresse qu'une partie de sa semence s'en échappa, retombant sur la langue de Maïa.

CHAPITRE VIII

Assis devant un écran d'ordinateur, dans son bureau de Futurible SA, à Issy-les-Moulineaux, Thibault Valéra refaisait pour la centième fois ses calculs. Soucieux de présenter à Galvani un rapport impeccable. Le patron, depuis quelques semaines, lui avait confié la responsabilité du pôle médias du groupe. C'était un secteur dans lequel Albert Galvani voulait se développer. Il avait récemment pris le contrôle de plusieurs publications exclusivement consacrées aux loisirs, au tourisme et aux voyages. Maintenant, il envisageait de mettre la main sur *Villas et Châteaux du Monde*, un mensuel qui, comme son nom l'indiquait, faisait des reportages à travers la planète entière sur les plus belles maisons du monde. Sa prise de contrôle du titre allait sans doute monter à 92 % du capital (91,6 exactement). L'ennui c'était que ce magazine était horriblement déficitaire : il avait essuyé près de quinze millions de pertes l'année dernière. Or, le groupe Galvani était coté en Bourse ; il n'était donc pas question de laisser filer les déficits. Le boulot de Valéra consistait à envisager toutes les mesures susceptibles d'enrayer la chute du titre : relance publicitaire, réorganisation de la rédaction, mise en place d'un plan social, définition d'une nouvelle ligne éditoriale, etc. Il releva brusquement sa belle tête impeccablement coiffée de cheveux blonds et drus.

Deux hommes se tenaient en face de lui, un grand

baraqué avec l'air d'un fauve à l'affût, et un autre plus petit, maigre et chauve, avec une drôle de moustache blonde en brosse et des lunettes démodées.

Avant qu'ils n'aient eu le temps de décliner leurs identités, il comprit à qui il avait à faire.

— Le patron vous attend, dit-il en se levant.

Trois minutes plus tard, Boris Corentin et Aimé Brichot étaient dans le bureau d'Albert Galvani. Les présentations terminées, ils s'assirent en face de lui, de l'autre côté de sa grande table de travail en acier strié.

— Pardonnez-moi de vous avoir appelé, fit le P-DG de Futurible SA, mais ce matin la nouvelle du suicide de mon frère m'est tombée dessus et, depuis, je vais de découverte en découverte sur son compte…

— Nous allions nous-mêmes vous téléphoner, fit Boris en sortant son paquet de Gitanes blondes. Ludovic Montanier, de la Brigade criminelle, nous a parlé de vous. Et comme Esméralda Dancourt était liée avec votre frère, il était logique que nous vous contactions.

À l'évocation du nom de Montanier, un nuage passa sur le visage de Galvani, mais il se maîtrisa.

— Alors c'est parfait, émit-il. Mon frère et moi n'étions pas en très bons termes, j'aime mieux vous le dire tout de suite. C'est même un euphémisme. En fait, nous étions plus ou moins brouillés depuis longtemps. Je lui avais prêté de l'argent, beaucoup d'argent, quand il a voulu ouvrir son agence. Bien entendu, il ne me l'a jamais rendu. Bien entendu aussi, je ne le lui ai jamais réclamé. Mais il s'est mis à me haïr d'autant plus fort que j'étais son créditeur.

Il esquissa un sourire.

— Le plus ironique de l'affaire c'est que maintenant qu'il s'est suicidé, moi, en tant qu'héritier et créancier, j'ai des droits sur cette agence…

Son sourire disparut.

— Néanmoins, la mort de Théo me chiffonne. Je n'arrive pas à la trouver naturelle. Par-dessus le marché, il y a des rumeurs qui commencent à courir, et dont vous allez certainement entendre parler. On dit qu'il faisait chanter certains de ses clients, qu'il était au bord de la banqueroute, qu'il était ruiné. Là-dessus, il se tue. Et qu'est-ce qu'on apprend ? Qu'il avait une maîtresse, et qu'elle a été retrouvée morte elle aussi. D'une overdose. À quelques heures de la mort de mon frère. Ça fait beaucoup à la fois, non ?

Boris et Aimé hochèrent la tête. Eux aussi trouvaient que ça faisait beaucoup.

Le P-DG de Futurible SA avança sa tête puissante aux cheveux argentés.

— Je vais être franc. Cette histoire tombe pour moi au plus mauvais moment. Tant pis si je vous parais antipathique en ne pensant qu'à moi, mais Théo est mort, rien ne le ressuscitera. Quant à ce qui me concerne, cette affaire risque de jeter par terre des mois et des mois de boulot. Néanmoins…

Boris allumait une Gitane blonde. Il haussa les sourcils.

— Néanmoins ?

— Néanmoins, et pour ne rien vous cacher, ça me serait très désagréable qu'on ne sache jamais la vérité. Pour la Brigade Criminelle, c'est un suicide, ça ne fait pas un pli, ils n'iront pas chercher plus loin. Et peut-être bien, en effet, que c'est un suicide. Mais j'aimerais en avoir le cœur net.

— Nous aussi, reconnut Boris.

— Voyons, fit Brichot, votre frère était marié, n'est-ce pas ?

— Oui.

— Et, d'après vous, sa femme était au courant pour Esméralda ?

— Je ne crois pas, murmura Galvani. D'ailleurs,

j'imagine mal Aurélie en épouse bafouée décidant de liquider sa rivale.

— Elle aurait pu demander à quelqu'un de le faire à sa place ?

— Et aussi de supprimer son mari par la même occasion ? Non, sincèrement, je ne crois pas que ce soit la bonne piste. Question d'intuition. Ça vaut ce que ça vaut, mais croyez-moi, je connais un peu ma belle-sœur. Elle est incapable de trouver assez d'énergie pour passer l'aspirateur chez elle, alors je ne la vois pas se lancer dans un projet de meurtre.

Boris tira une bouffée de Gitane blonde.

— Et l'hypothèse du chantage ? demanda-t-il.

— L'hypothèse du chantage ?

— Votre frère faisait pression sur certains de ses anciens clients, n'est-ce pas ? On peut imaginer que l'un d'entre eux s'est énervé et a décidé d'en finir une bonne fois pour toutes en supprimant le maître-chanteur. On peut aussi imaginer qu'Esméralda était au courant de certaines des affaires de son amant, et qu'il fallait également l'empêcher de parler en l'effaçant de la surface de la Terre.

Galvani resta un instant silencieux.

— C'est une éventualité qu'il ne m'est pas très agréable d'envisager, parce qu'elle comporte pour moi les plus gros risques de scandale, mais je crois bien, hélas, que c'est la plus rationnelle.

Boris tapota l'extrémité de sa Gitane blonde dans le cendrier posé devant lui.

— Eh bien, murmura-t-il, nous allons mettre le nez dans les affaires de votre frère…

— Je serais étonné, fit Galvani, qu'il ait laissé des documents écrits concernant ses opérations de chantage. Théo était très intelligent, vous savez. Malhonnête, sans doute, mais très intelligent.

Boris se gratta l'arête du nez.

— Ce qu'il faudrait, dit-il, c'est approcher ceux qu'il faisait chanter… Sans bien sûr qu'ils pensent avoir à faire à la police…

Ses sourcils froncèrent.

— Vous avez bien dit que vous aviez des droits sur cette agence, n'est-ce pas ?

— Oui.

— Ce n'est peut-être pas très légal, mais vous pourriez avoir trouvé un candidat repreneur, quelqu'un qui serait intéressé par le rachat de cette agence ?

— Je ne comprends pas.

— Un acheteur éventuel qui voudrait se rendre compte, sur place, de la santé de cette boîte avant de prendre une décision…

— Un acheteur éventuel ?

— Oui : nous. Aimé Brichot et moi-même. Ce serait nous qui jouerions le rôle des acheteurs éventuels. N'importe qui, vous savez, peut s'établir agent privé de recherches, pour employer l'appellation officielle. Il suffit de ne jamais avoir été condamné, jamais déclaré en faillite ou en règlement judiciaire. Inutile de vous dire que c'est notre cas. Par-dessus le marché, et contrairement à ce qui se passe dans d'autres pays, il n'existe pas en France de diplôme officiel reconnu par l'État. De toute façon, je ne vois pas de meilleur moyen de nous introduire dans la place, et surtout d'y rester un certain temps, sans trop attirer la méfiance.

— C'est peut-être une solution, en effet, murmura Galvani.

Boris agita la main droite.

— N'allons pas trop vite en besogne, dit-il. De toute façon, il faut que nous mettions la Brigade Criminelle au courant de la combine. Et surtout que nous obtenions le feu vert de notre supérieur hiérarchique.

Il se leva. L'entretien était terminé. Galvani les raccompagna jusqu'à la porte de son bureau.

— Je ne sais pas ce que vous allez découvrir, fit-il en leur serrant la main. Je me garderai bien de vous demander d'étouffer cette affaire. Ce n'est pas mon intention et, de toute façon, je sais que vous ne le feriez pas. Mais…

Il baissa les yeux.

— Mais je ne regrette pas de vous avoir appelés. Je sais maintenant à qui j'ai à faire. Et je sens que vous ne chercherez pas inutilement – passez-moi l'expression – à me mettre dans la merde.

Il ajouta d'une voix rauque :

— J'y suis déjà assez comme ça.

*
* *

Le commissaire divisionnaire Charlie Badolini, dit Baba pour les intimes, et chef de la Brigade Mondaine, était dans un de ses pires jours. Les jours « tête à claques » où il disait non à tout systématiquement. Boris l'avait pigé dès l'entrée dans son bureau. Il avait ensuite exposé son plan d'attaque dans un silence glacial. Puis il avait attendu l'orage.

Il y avait eu encore quinze secondes de paix, durant lesquelles Badolini alluma une Job Spéciale. Puis l'orage éclata.

— Complètement débile, jeta-t-il en s'enveloppant d'un nuage nicotinisé.

Boris attendit que Charlie Badolini ait débondé toute sa mauvaise humeur, puis il recommença à aligner ses arguments. Si l'affaire Esméralda et l'affaire Théo Galvani étaient liées, le meilleur moyen d'en avoir le cœur net était de repartir de Théo Galvani, d'essayer de comprendre ce qu'il fabriquait exactement dans son agence, qui il y rencontrait, quelles étaient ses véritables activités. Se mettre dans la peau du disparu, en somme. Faire ce qu'il faisait. Tenter de découvrir ses secrets, pour ainsi dire, de l'intérieur.

— On a plusieurs longueurs d'avance sur les adversaires éventuels, ajouta Boris. Officiellement, la mort d'Esméralda n'est qu'un malheureux accident, une overdose dans une rave qui a mal tourné. Quant au suicide de Galvani, il ne fera pas trois lignes dans les journaux, j'y veillerai personnellement. Qui va s'intéresser, d'ailleurs, à la mort d'un privé qui s'est flanqué en l'air dans un moment de déprime ou parce qu'il faisait de mauvaises affaires ?

Badolini se tut un instant, tirant sur sa cigarette corse.

— Ouais, dit-il enfin d'une voix très légèrement radoucie. Et qu'est-ce que vous croyez que vous allez trouver de cette façon ?

— Je ne sais pas. Peut-être rien. Peut-être le nom de celui qui l'a liquidé parce qu'il en avait assez d'être victime d'un chantage.

Badolini grogna quelque chose d'indistinct et vira du côté de Brichot.

— Et lui, demanda-t-il, qu'est-ce qu'il devient, dans tout ça ?

Boris ouvrit les mains.

— Mon associé. Mon assistant. Dans le jargon des privés, on distingue deux familles : les enquêteurs et les fileurs. Comme leur nom l'indique, les fileurs sont des agents de terrain qui organisent des filatures. Si Aimé est d'accord, c'est le rôle qu'il jouera. Quant aux enquêteurs, ils passent le plus clair de leur temps au bureau, devant leur ordinateur, à interroger des banques de données informatiques et à débroussailler les affaires qui leur sont soumises. Ce sera mon boulot. Enfin en apparence.

Il hocha la tête.

— De toute façon, je vous rappelle qu'il ne s'agit

pas de jouer aux véritables détectives privés. Officiellement, on est juste candidats au rachat de la boîte de Galvani. On vient donc renifler l'atmosphère, se rendre compte si l'agence est viable, si elle peut être rentable. Dans ces conditions, personne ne s'étonnera si on pose des tas de questions ici ou là.

Boris planta ses yeux dans ceux du chef de la Brigade mondaine.

— Qu'est-ce qu'on risque à essayer, patron ? Si ça ne marche pas, on décroche au bout de huit jours. Si ça marche, on gagne le gros lot et on vous ramène le tueur sur un plateau.

Charlie Badolini resta un long moment silencieux, grillant une nouvelle Job Spéciale à toute allure, comme s'il avait voulu entrer dans le *Livre des records* au chapitre des intoxiqués de la cigarette les plus rapides du monde.

— Bon, dit-il enfin, c'est d'accord, puisque vous insistez on tente le coup et vous vous installez dans les meubles de Galvani.

— Merci, patron, fit Boris sincèrement.

Sans avoir l'air de rien, Aimé Brichot consulta sa montre. Boris n'avait mis que trois minutes et trente-deux secondes à convaincre Charlie Badolini. D'habitude, il lui fallait au moins six ou sept minutes. Lui aussi aurait mérité d'entrer dans le *Livre des records*, s'il y avait eu une rubrique pour ça.

CHAPITRE IX

Alexia Rouval était exceptionnellement grande, mais tout de même pas assez pour ne pas être obligée de grimper sur la pointe des pieds lorsqu'elle embrassait Thibault Valéra. Surtout quand elle était pieds nus comme ce soir.

Elle n'avait d'ailleurs rien sur elle, ou presque rien. Son chemisier de soie noire était ouvert, laissant jaillir ses lourds seins blancs aux pointes roses. Quant à sa jupe noire étroite, elle était remontée autour de sa taille. Dessous, à part de longs bas noirs retenus par des élastiques, il n'y avait rien que ses magnifiques jambes musclées et le triangle sombre de son pubis qui éclatait au milieu de sa peau blanche.

L'animatrice-vedette de *Rien que la vérité* attrapa Thibault par la nuque, et, ondulant du ventre contre lui, poussa contre son sexe qui durcissait rapidement le bombement de son mont de Vénus. Ils avaient déjà fait l'amour trois fois, mais le jeune homme était infatigable et son membre, de nouveau dressé, battait avec précipitation sous l'effet d'un afflux sanguin irrésistible.

— Il y a si longtemps, murmura-t-elle d'une voix exaltée avant de nouer sa langue à la sienne.

Il y avait longtemps, en effet, qu'ils ne s'étaient pas retrouvés comme ça, tous les deux, avec toute une longue soirée libre et un alibi idéal puisqu'ils étaient censés être en train d'assister à une représentation d'*Othello* à l'Opéra-Bastille. Avec la bénédiction d'Albert Galvani lui-même. Tout autour d'eux, le décor tanguait doucement, et ce n'était pas une figure de style : le domicile de Thibault Valéra, en effet, n'était autre qu'une péniche, une longue péniche entièrement restaurée et amarrée en plein Paris, dans le port de l'Arsenal, face au pont Morland, très exactement dans le bief aval du canal Saint-Martin. Tout autour, il y avait des vedettes hollandaises, des bateaux à moteur anglais, d'autres péniches venues d'Allemagne ou de Belgique et des voiliers. Ses plus proches voisins étaient un aiguilleur du ciel, un chanteur célèbre et un éditeur. Thibault Valéra avait racheté sa péniche à un comédien au chômage quelques mois plus tôt. C'était la cinquième fois qu'Alexia et lui s'y retrouvaient. Et c'était aussi, pour l'un comme pour l'autre, chaque fois meilleur.

La jeune femme continuait d'embrasser son amant à perdre haleine, l'enveloppant comme une tornade rose et rousse.

— Viole-moi, souffla-t-elle. Je veux que tu me violes.

Elle se renversa de nouveau sur le lit, qu'encadraient des parois tapissées d'acajou, et il chavira sur elle. Visage enflammé, regard à la renverse, lèvres saignantes et gonflées de désir, elle le prit dans sa main droite et le guida vers le centre brûlant d'elle-même. Dès qu'il fut en elle, elle releva les jambes, d'une ruade violente des reins, les jeta en l'air puis les replia sur ses épaules. Il l'attrapa des deux mains sous les fesses et commença à la sabrer avec une violence croissante.

— Oh oui ! Tu es bon ! Tu es gros ! Empale-moi ! gémit-elle.

Il accélérait dans le ventre de la présentatrice-vedette, et en même temps il se disait qu'il était dingue. Complètement malade. Il baisait la femme de son patron, enfin la maîtresse officielle de celui-ci. La compagne de celui dont tout son avenir dépendait. Qui le considérait comme son bras droit. Presque comme son fils. Il s'envoyait la femme de son P-DG, presque au nez et à la barbe de ce dernier. Oui, il était complètement malade.

Tout avait commencé un soir comme celui-ci où Galvani avait déboulé dans son bureau et lui avait demandé s'il était libre. Galvani lui-même était retenu par une soirée à laquelle il ne pouvait se dérober, mais il avait promis à Alexia de l'emmener dîner à *La Tour d'argent* et il ne voulait pas la décevoir. Il avait donné trois mille francs en liquide à Valéra en lui recommandant de ne pas chipoter sur les vins ni sur les alcools. Ils n'avaient chipoté sur rien du tout : c'est Alexia elle-même qui avait demandé au jeune homme de visiter sa péniche. Ils n'en étaient pas ressortis de la soirée.

Depuis, ils profitaient de chaque occasion où Galvani demandait à Valéra de jouer les chevaliers servants à sa place. Entre-temps, ils arrivaient à trouver une heure ou deux, aux alentours du déjeuner généralement, pour se retrouver dans la péniche du port de l'Arsenal. Thibault se disait souvent que tout ça allait se terminer très mal, mais il ne pouvait plus se passer d'Alexia, c'était comme une drogue.

L'esprit en déroute, les sens en feu, il continuait à la pilonner. Lâchant des feulements rauques, elle oscillait follement du buste à travers le lit. Ses bras battaient l'air. Elle miaulait et ondulait, égrenant des phrases sans suite et lâchant des bordées d'obscénités. Lui, il continuait à se dire que le ciel allait leur tomber sur la tête, un de ces jours, et que la fureur de Galvani allait faire de gros dégâts. Il réentendait aussi le P-DG de Futurible SA lui lancer, comme à chaque fois : « Je vous confie ce que j'ai de plus précieux au monde ! Prenez bien soin d'elle ! » Et en effet, dans un sens, on pouvait dire qu'il prenait soin d'elle. Et comment ! À entendre les hurlements qu'elle poussait, à la voir tanguer et chavirer comme un navire en perdition, à voir ses beaux cheveux roux trempés de sueur, collés à son front, et son long corps, sous lui, qui se creusait de plaisir, il était évident qu'elle ne se plaignait pas. Quant aux conséquences futures de toute cette folie, bien sûr, c'était une autre histoire…

Au bout de dix minutes, Alexia se mit à lâcher des halètements de jouissance apocalyptiques. Son orgasme s'accompagna d'une tornade brûlante qui lui envahit le ventre. Thibault Valéra, à son tour, explosa en elle, emporté par un orgasme fabuleux.

— Tu m'as tuée, souffla-t-elle d'une voix presque inaudible.

Ils restèrent quelques instants silencieux. Valéra était allé chercher son paquet de Stuyvesant. Pensif, il tirait sur sa cigarette.

— Je ne peux pas me passer de toi, dit-il enfin. Il va falloir trouver une solution.

Elle se redressa sur un coude.

— Solution ? Quelle solution ?

Elle regardait son beau visage bronzé sous les cheveux blonds et drus, sa silhouette de dieu du stade. Il avait vingt-huit ans, elle en avait presque trente-trois. Elle était folle de lui, mais rien que cette différence de cinq ans, entre eux, et, par-dessus le marché, à son désavantage à elle, rendait à ses yeux les choses impossibles. Sans la moindre discussion.

— Tu sais bien que je ne veux pas quitter Galvani, dit-elle d'une voix ferme. Il n'en est pas question. On en a déjà discuté cent fois. Par-dessus le marché, il dit toujours que si je le trompe il me tuera. Je ne crois pas qu'il mettrait sa menace à exécution, il n'est quand même pas cinglé, mais il serait bien capable de se venger sur toi. D'une façon ou d'une autre.

— Comment ?

— Mais pour commencer, mon chéri, en te virant, qu'est-ce que tu crois ? soupira-t-elle. Et ensuite en s'arrangeant pour que tu ne retrouves plus de boulot nulle part. Il est puissant, tu sais. Très puissant. Il est capable de te carboniser complètement sur la place de Paris.

— Et si, malgré tout, il découvre ce qui se passe entre nous ?

Elle secoua ses beaux cheveux roux toujours alourdis de sueur.

— Il ne découvrira jamais rien.

— Tu parles !

— Non. Il aurait pu découvrir. Nuance. Mais il ne découvrira rien. Plus maintenant.

— Qu'est-ce que tu racontes ?

— Depuis que son frère est mort, il n'y a plus aucun risque.

— Comment ça depuis que son frère est mort ? Théo Galvani ? Qu'est-ce qu'il vient foutre là-dedans ?

L'animatrice vedette de *Rien que la vérité* avança la bouche dans une moue délicieuse et parfaitement étudiée, comme quand elle disait bonsoir aux téléspectateurs à la fin de son émission-culte.

— Figure-toi que ce salopard était au courant, pour toi et moi. Je ne sais pas comment il s'était débrouillé, mais il savait tout. D'accord, de nos jours, une liaison clandestine c'est pas ça qui provoque un scandale. Seulement, il savait aussi qu'Albert est fou de moi, et qu'il aurait sûrement fait un malheur s'il avait appris la vérité.

Valéra tirait de plus en plus nerveusement sur sa cigarette.

— Et alors ?

Elle soupira.

— Et alors quoi ? Je ne voulais ni te perdre, ni avoir des problèmes avec Galvani, ni que toi-même tu en aies. J'ai donc raqué.

— Gros ?

— Plutôt. Oui. Il était aussi au courant de ce que je gagnais à la télé. Alors tu penses, il ne s'est pas gêné pour me racketter jusqu'à l'os.

— Et ça a duré longtemps ?

— Ça continuerait s'il ne s'était pas pendu.

Valéra resta silencieux un instant.

— Merde… souffla-t-il enfin.

— Comme tu dis, chéri. Chaque mois, il fallait que je me rende à son agence et que j'allonge le paquet en liquide. C'était affreux.

Elle s'étira au milieu du lit avec des mines de chatte.

— Mais c'est fini, maintenant, soupira-t-elle. Cette ordure est morte, on est tranquilles.

Elle se lova contre lui.

— Je crois que j'ai encore envie, souffla-t-elle d'une voix brûlante. Ça ne t'ennuie pas si je te lèche ? Histoire de te remettre en forme ?

Ça n'avait pas l'air de l'ennuyer vraiment.

Elle plongea, bouche grande ouverte.

Trois quart d'heure plus tard, drapée dans son long manteau cintré noir en gabardine, vêtue d'un jean en coton blanc et chaussée de tongs en cuir doré, Alexia Rouval quitta la péniche de son amant pour rejoindre le pont Morland où l'attendait depuis déjà dix minutes un taxi. Elle ne remarqua pas dans la nuit chaude deux gamins chaussés de *rollers-on-line* qui, sur le quai, s'adonnaient au *street*, ce qui signifie en jargon de rolleristes qu'on utilise le mobilier urbain pour exercer des figures.

Ils étaient grands, maigres, avec des visages d'adolescents attardés. Leurs tee-shirts blancs, parfaitement semblables, étaient gravés à l'effigie de Che Guevara. Avec leurs cheveux courts, leur regard noir fendu en amande, leur silhouette efflanquée, on aurait dit des frères jumeaux, mais ils n'étaient ni frères ni jumeaux, ils n'étaient même pas du même sexe. Elle, c'était Désirée Toussaint mais il l'appelait Slim, on ne savait trop pourquoi, et lui c'était Frédéric Garpon, mais elle l'appelait Fred. Depuis qu'ils se connaissaient, ils squattaient un petit café délabré et désaffecté, de l'autre côté du périphérique, après la porte du Pré-Saint-Gervais, à cinq cents mètres de Paris. Ils y avaient tout cassé, histoire de passer leurs nerfs sur quelque chose. Ils n'avaient laissé qu'un petit panneau accroché au mur, au-dessus de l'ancien bar, et qui avait dû être la devise du dernier patron de l'établissement. On pouvait y lire :

Un vieillard m'a dit,
Et il avait raison,
Si tu fais du crédit,
Tu perdras ta maison.

Chaque fois qu'ils lisaient ces vers de mirliton, ils se marraient comme des bossus. À part ça, ils avaient commis leur premier crime onze mois plus tôt, quand Fred avait eu l'idée d'aller dévaliser, près de Meaux, un octogénaire, un ancien horticulteur chez qui il avait été placé, dans le temps, par décision de justice, après sa première arrestation pour un cambriolage qui avait tourné en eau de boudin.

C'était un vieil homme et il avait toujours été bon pour lui, mais Fred était très légèrement moins doué, côté cœur, qu'un rat affamé. L'octogénaire était mort dans des conditions abominables, étouffé à l'aide d'un essuie-mains. Butin de l'expédition : à peine trois mille cinq cents francs. Ils étaient revenus deux jours plus tard avec un grand fût métallique dans lequel ils avaient fourré le cadavre. Puis ils avaient fermé le fût en y coulant un couvercle de ciment, et ils étaient allés jeter le tout dans la Marne.

L'ancien horticulteur n'avait plus aucune famille, les recherches s'étaient donc vite arrêtées et la police avait classé l'affaire. Ils avaient le sentiment d'avoir commis un crime parfait.

Cette nuit, avec leur sac à dos, leurs protège-poignets, leurs genouillères et leurs coudières, ils ressemblaient à des dizaines de milliers d'autres *rollermen* comme on en voit désormais tous les jours dans les rues de Paris. Quand Alexia les dépassa, Désirée venait de réussir un « zoulou » impeccable, une figure de saut, avec une jambe repliée horizontalement et l'autre en écart latéral, torse de face.

Fred et Désirée, alias Slim, suivirent de loin la présentatrice vedette de *Rien que la vérité* quand elle remonta vers le pont Morland. Virevoltant sur leurs patins, pivotant sur eux-mêmes, volant littéralement d'un trottoir à l'autre, façon elfes modernes, ils ne couraient aucun risque de se faire repérer. À quoi ils ressemblaient ? À des milliers de jeunes de leur génération. Pas à des tueurs.

Ce qui les fascinait surtout, c'étaient les bracelets de la jeune femme qui étincelaient quand elle marchait sous les réverbères, deux énormes manchettes dorées avec lesquelles elle ne passait pas inaperçue.

Ils auraient pu la liquider tout de suite, là, en pleine nuit, sans le moindre problème, et surtout lui voler ses bracelets spectaculaires. Ils étaient champions aussi pour le lancer du couteau, elle ne se serait aperçu de rien, juste une piqûre violente à la base du cou, dans la moelle épinière, et puis basta.

Mais Marco Staner avait dit d'attendre. La suivre et rien que la suivre. En attendant les ordres.

Alors ils faisaient ce qu'on leur disait. Ils la suivaient.

CHAPITRE X

Boris Corentin massa ses paupières du pouce et de l'index.

Il était depuis près de deux heures dans la place, c'est-à-dire dans l'agence du défunt Théo Galvani, place du Général-Catroux, et c'est exactement le temps qu'il lui avait fallu pour découvrir enfin quelque chose.

— Un piège à con, murmura-t-il entre ses dents.

À peine débarqué dans les bureaux de Galvani, il avait fouillé les dossiers, inventorié les placards et les étagères de l'agent de recherches, et, bien sûr, interrogé chacun de ses ordinateurs. Contrairement à ce qu'avait laissé entendre Ludovic Montanier, le policier de la Criminelle, les affaires ne semblaient pas si mal marcher que ça pour Théo Galvani. Question enquêtes, il y en avait pour tous les goûts : filatures, contre-enquêtes, enquêtes de moralité ou de préembauche, études financières, affaires d'escroquerie, de recherche de personnes disparues, de chasse à l'espionnage industriel ou de traque à la concurrence déloyale.

Très peu d'histoires d'adultères, en revanche, mais ça Boris le savait depuis longtemps. L'adultère, depuis la généralisation du divorce, ne payait plus vraiment. Aujourd'hui, ce n'est plus le conjoint cocu qui colle aux trousses de l'époux (ou de l'épouse) volage un détective privé ; c'est plutôt votre propre patron qui veut tout savoir sur vous, vérifier votre *curriculum vitæ*, vos antécédents bancaires ou financiers, vos vices éventuels (du genre champs de courses ou casinos) et ainsi de suite. En moyenne, les problèmes sexuels ne concernent plus, de nos jours, qu'environ vingt pour cent du chiffre d'affaires des privés. Lesquels n'ont jamais moins mérité qu'aujourd'hui leur surnom de « brigade des cocus »…

Dans tout cela, en tout cas, pas trace de chantages éventuels. Mais de cela aussi Boris se doutait depuis des éternités. Théo Galvani n'était ni fou ni idiot. S'il faisait chanter des gens, il ne gardait pas d'archives. Précaution élémentaire.

Aucune trace non plus de sa liaison avec Esméralda Dancourt, ce qui était déjà plus curieux. Une histoire sentimentale ça laisse des traces, on s'envoie des lettres, on prend rendez-vous, on garde des photos. Là, rien. Ce qui s'appelle rien. Comme si Galvani et Esméralda ne s'étaient jamais rencontrés.

Laissant de côté ce petit mystère, Boris était parti en chasse d'autres indices significatifs, et il s'était mis à examiner avec la plus grande attention les locaux euxmêmes.

Et il avait trouvé quelque chose.

Il releva les yeux.

C'était, dans le bureau même de Galvani, juste audessus de l'endroit où il avait travaillé pendant des années, un truc quasiment indécelable à l'œil nu : une caméra ultra-discrète, dissimulée dans un minidôme, et si bien conçue qu'elle ressemblait comme une sœur aux lampes encastrées un peu partout dans le faux plafond. Boris était grimpé sur une table pour l'examiner. Dans son genre, c'était un petit chef-d'œuvre de la technologie moderne et de l'espionnage contemporain, un engin presque invisible, capable d'opérer des rotations panoramiques à 360°/seconde, et vraisemblablement connecté à un magnétoscope.

Quel magnétoscope ? Boris avait patrouillé dans toute la baraque et il n'en avait pas trouvé un seul.

Il avait découvert, en revanche, d'autres caméras du même genre encastrées dans les faux plafonds des autres bureaux. Il y en avait même une dans les toilettes.

Mais toujours pas de magnétoscope.

Ce qui signifiait que le magnétoscope se trouvait ailleurs, dans un autre local. En tout cas pas dans l'agence.

Oui. Mais où ?

Boris remit à plus tard l'examen de ce problème et la recherche des connections, qu'on avait dû camoufler au milieu des câbles téléphoniques ou électriques. Il alluma une Gitane blonde et réfléchit. Ou bien Galvani s'espionnait lui-même, ce qui représentait une forme de perversion assez curieuse, ou bien quelqu'un d'autre s'intéressait énormément à lui. Au point de faire appel à un spécialiste très haut de gamme pour truffer ses locaux de caméra miniatures. Et, dans ce cas, la question était toute simple : *qui ?*

À quoi et à qui conduisaient les caméras cachées de l'agence de Théo Galvani ?

Après avoir réfléchi quelques instants sur ce mystère, il se secoua. Brichot était parti pour la journée, à la recherche des deux collaborateurs licenciés par Galvani juste avant son « suicide ». Pas de nouvelles pour le moment. Pas de nouvelles non plus de Fabrice Denizot, le petit copain d'Esméralda qui leur avait promis de les prévenir dès qu'il aurait remis la main sur Sophie et Victor, les adolescents qui les avaient accompagnés à la fête du Roc-Sirac. Et lui, qu'est-ce qu'il allait faire ? Il se souvint brusquement qu'il y avait un gardien, à l'entrée de l'immeuble, il avait repéré sa loge tout à l'heure en arrivant. Il décida de redescendre l'interroger.

Ce n'était pas un gardien mais une gardienne, et elle n'occupait pas une loge classique, mais un véritable petit logement de fonction, dont la pièce principale était envahie de caméras de contrôle et de consoles de commande équipées d'assez de boutons pour qu'on se croie dans un local de la NASA.

Insolite dans ce décor futuriste, une délicieuse odeur de pâtisserie montait du fond de l'appartement.

— Les propriétaires, ici, sont méfiants, jeta-t-elle en montrant les écrans qui scintillaient dans la demi-obscurité. Je ne sais pas si vous avez remarqué, mais le standing est plutôt élevé dans la baraque. Ils ont de quoi se payer des caméras à chaque étage. Il y en a même qui contrôlent la rue. La sécurité est bien assurée, on peut le dire.

Dans le contre-jour, la gardienne semblait plutôt attirante. Grande, brune, de longs cheveux souples retombant sur ses épaules.

Elle était très légèrement vêtue d'un débardeur côtelé en coton blanc, avec, en bas, une espèce de short écru coton irlandais d'où jaillissaient deux cuisses pleines et rondes. Le débardeur s'arrêtait au-dessus du nombril. Lequel s'ouvrait, au vu et au su de tous, au milieu d'un ventre doucement bombé, comme une petite bouche délicate agrémentée d'un tatouage au henné représentant une étoile.

— Vous êtes le nouveau détective ? interrogea-t-elle.

— On ne dit plus détective, rectifia Boris avec son plus grand sourire. On dit agent de recherches. Mais vous avez raison, je suis le nouvel agent de recherches. Enfin, je suis intéressé par le rachat de cette agence, mais vous comprenez je me renseigne d'abord, je n'aimerais pas me faire rouler.

Ils étaient toujours dans la pénombre. Elle alluma une lampe, et Boris put constater qu'elle était effectivement très jolie.

— Vous auriez cinq minutes pour répondre à mes questions ?

Elle rebroussa ses cheveux en arrière, les deux bras levés, exhibant des aisselles non rasées qui firent faire un bond en avant à l'adrénaline de Boris Corentin.

— Dix, quinze et même plus, fit-elle en souriant.

— Vous êtes sûre que je ne vous dérange pas ? Vous n'attendez personne ?

— Si. Mon mari.

Elle sourit.

— Dans quatre ou cinq jours. En ce moment, il est en tournée du côté de Besançon.

— Acteur ? Musicien ?

— Éclairagiste d'un groupe de rock.

Elle ondula un peu des hanches.

— Quant à moi, dit-elle, je ne suis pas concierge de vocation, au cas où vous ne l'auriez pas remarqué. En fait, je suis décoratrice d'intérieurs, mais c'est comme dans tout, il y a du chômage. Alors ce job-là, c'est en attendant mieux…

— Je vois, fit Boris.

Elle poussa une exclamation, se souvenant brusquement de son gâteau, et courut à la cuisine. Puis, après avoir baissé le feu, elle revint.

— Si on veut avoir une conversation sérieuse, dit-elle, je crois qu'il vaudrait mieux que je mette un panneau sur la porte, comme quoi la gardienne est partie faire un tour mais va revenir incessamment. Qu'est-ce que vous en pensez ?

— Ce serait judicieux, apprécia Boris.

Elle accrocha en effet un panneau à la porte, puis ferma celle-ci à clé.

— Bon, dit-elle ensuite, on s'installe ici ou on va dans ma chambre ?

Elle avait planté son regard dans le sien, bien franchement. Boris décida tout aussi franchement de passer sans attendre à la vitesse supérieure.

— Dans ta chambre, dit-il avec un grand sourire et en insistant de la voix sur le tutoiement.

Dans la chambre d'Ariane – elle venait de lui dire qu'elle s'appelait Ariane – il n'y avait pas le choix : ou on restait debout, ou alors on s'asseyait sur le lit. Sans hésiter, Boris choisit la seconde solution. D'autant plus qu'Ariane, chavirée sur le matelas, jambes écartées et qui s'était débarrassée vite fait de son débardeur blanc, exhibait avec une tranquille impudeur les deux masses fabuleusement pleines et roses de ses seins.

— Enlève-le ! fit-elle d'une voix brûlante. Vite.

Elle parlait de son short en coton irlandais. Au-dessus, il y avait son ventre qui palpitait, avec la bouche minuscule de son nombril tatoué au henné. Boris posa la main droite bien à plat à l'intersection de ses cuisses, par-dessus le short. Immédiatement, il eut l'impression que la chambre se remplissait d'électricité statique. Ariane se mit à onduler des hanches. Sous l'étoffe, il sentait palpiter un sexe qui semblait animé d'une vie propre. « Je parie qu'elle ne porte rien en dessous », songea-t-il en glissant la main sur sa cuisse gauche pour s'insinuer sous son short. Ses doigts entrèrent en contact avec une toison riche et moite. Gagné. Elle était nue dessous.

— Oui, rugit-elle sourdement, déshabille-moi, caresse-moi !

Très vite, il fit coulisser le short jusqu'à ses chevilles, découvrant maintenant, une luxuriante fourrure noire au centre d'elle. Elle ouvrit les jambes.

— Regarde-moi, gémit-elle. J'aime qu'on me regarde. Je suis complètement exhibitionniste.

Boris s'attarda dans la contemplation du fruit magnifique de son sexe, un véritable fruit dont les nuances allaient du rose sombre à l'orangé. Puis, lentement, il lui remonta les jambes de la main droite, les tenant haut dressées puis les repliant de sorte qu'elle eut bientôt les genoux presque contre les seins. Elle-même s'était mise à masser convulsivement ces superbes volumes de chair dont les pointes dardaient. Elle les prit et commença à les tirailler. Lui, pendant ce temps, avait posé la main sur son sexe brûlant, offert entre ses cuisses jointes. Le regard d'Ariane chavira. Sa gorge émettait un râle étranglé.

Alors seulement il l'empala. Très lentement. Jusqu'à la garde. Lorsqu'il fut entièrement enfoncé en elle, il resta immobile une longue minute. Puis il se mit à la forer à grands coups de reins, jambes toujours repliées.

Enfin, une houle de feu le porta encore plus profondément en elle, et il se déversa à longs jets tandis qu'elle tremblait comme si la foudre lui courait le long de l'échine.

Ariane rampa au milieu des draps chavirés jusqu'à se lover comme une pieuvre autour des jambes de Boris.

— C'est drôlement bien, murmura-t-elle, si tu reprends l'agence…

— Pourquoi ? demanda-t-il en effleurant de la paume sa croupe majestueuse que piquetait une légère ondée de sueur.

— Parce que j'ai l'impression qu'on a des tas de trucs à se dire, toi et moi…

— À se dire ?

— À se faire, plus exactement.

Boris parcourait toujours ses fesses du bout des doigts, glissant peu à peu dans son sillon chaud et humide. Elle frissonna.

— Il y a des tas de façons de me baiser, dit-elle d'une voix ardente, et je veux que tu les essaies toutes. Tu pourras me mettre de toutes les façons que tu voudras, je suis bonne de partout…

— Je n'en doute pas un instant, fit Boris.

Il se releva sur un coude.

— Tu le voyais souvent, Théo Galvani ? interrogea-t-il.

Elle hocha la tête.

— À peu près tous les jours, oui. Le matin quand il arrivait à son bureau, le soir quand il en repartait.

Elle l'attrapa là où il était de nouveau dur et raide. Il se sentit palpiter entre ses doigts.

— Je me demande pourquoi il s'est tué, celui-là, dit-elle. Il avait pourtant l'air plutôt bien dans sa peau, et son affaire semblait tourner rond. Enfin, il avait pas mal de clients.

Elle le tenait toujours entre ses doigts, et il ne cessait de grandir sous ses caresses.

— Quel genre ?

— Pardon ?

— Quel genre de clients ?

Elle approcha la bouche de l'extrémité de son sexe et l'effleura d'un baiser.

— Un peu de tout. Des riches, des moins riches. Quand même plutôt à l'aise en majorité. Pourquoi tu veux savoir tout ça ?

Il sourit.

— Parce que j'ai envie de tout savoir avant de prendre une décision. Et puis, tu sais, les détectives privés c'est un peu comme les flics, ça n'arrête pas de fouiner dans tous les coins et de poser des questions.

Elle avança la langue et le parcourut tout du long. Puis elle baissa la nuque et commença à l'engloutir.

— Attends, dit-il en l'attrapant doucement par les cheveux et en lui relevant le visage.

— Pourquoi ? demanda-t-elle en papillotant des paupières et avec un regard d'une candeur à lui donner le bon Dieu sans confession. Si j'ai envie de te sucer tu ne vas quand même pas m'en empêcher ?

— Pas le moins du monde, mais si tu as la bouche pleine, tu ne pourras pas me répondre et je viens de te dire que j'adore poser des questions.

Elle restait immobile, visage à deux centimètres de son sexe.

— Vas-y.

— Le soir du suicide de Théo Galvani, tu étais là ?

— Je ne sais pas très bien quand il s'est suicidé, on dit que c'est dans la nuit. Mais le soir précédent, oui, j'étais là.

— Et… il a reçu des visites, ce soir-là ?

Elle réfléchit.

— C'est difficile à dire. Il y a plusieurs personnes qui ont pris l'ascenseur et qui sont montées dans les étages…

— Au fait, reprit Boris, il y a combien d'appartements au cinquième ?

— Deux. L'agence de Galvani et un autre, juste à côté de l'agence. Tout le reste, ce sont des studios, généralement loués par des étudiants.

— Et le second appartement c'est quoi ?

Ariane étouffa un rire.

— Ah, ça, c'est plutôt spécial !

— Spécial ?

— Oui, c'est une fille qui bosse là, mais à des trucs un peu particuliers. Elle a un donjon sado-maso, si tu vois ce que je veux dire…

— C'est une dominatrice ?

— Exactement.

— Et elle est comment ?

— Physiquement ? Ça dépend. Si on aime les géantes, ça peut aller. Elle doit faire dans les deux mètres et elle a des épaules de déménageur, mais à part ça elle a plutôt une belle gueule. Le genre femme fatale, mais sur une silhouette de catcheuse.

— Comment s'appelle-t-elle ?

— Fiona Géricault. Elle organise aussi des spectacles sados-masos dans les boîtes de nuit, des shows.

— Elle a beaucoup de clients ?

Ariane hocha la tête.

— Ça a l'air de tourner.

— Et ce soir-là, elle a reçu des gens à ton avis ?

— Tu sais, ce n'est pas écrit sur la tête des types qu'ils viennent se faire fouetter ou ligoter. Les masos, ça a la tronche de tout le monde.

Elle réfléchit.

— Il y en a deux, quand même, dont je suis certaine qu'ils n'allaient pas chez Fiona Géricault.

— Qui ?

— Un type et une bonne femme.

— Et comment tu peux être sûre qu'ils n'allaient pas chez elle ?

— Parce que je les connais depuis longtemps. Lui, je l'ai vu deux ou trois fois quitter l'immeuble avec Galvani, ils avaient l'air copains. Quant à elle, c'est encore plus simple : la première fois qu'elle est venue, elle a frappé à ma loge et elle m'a demandé où se trouvait l'agence de Galvani.

— Et elle ressemble à quoi ?

Elle se pencha de nouveau et le happa une seconde, maxillaires distendus par son énormité. Puis elle se redressa.

— Elle ressemble à ce qu'elle est : une vedette de la télé que tout le monde connaît, dit-elle avec simplicité. C'est Alexia Ronval, j'ai encore regardé son émission la semaine dernière. Tu vois qui je veux dire ?

Boris voyait.

Et carburait intérieurement.

Qu'est-ce qu'une animatrice ultra-connue pouvait bien fabriquer avec un détective privé de seconde zone ?

— Et l'autre ? interrogea-t-il encore Ariane. Tu pourrais me le décrire ?

— Facilement. C'est un grand type mince, très beau, assez élégant, mais avec le crâne complètement rasé, pas un poil sur le caillou.

— Chauve ?

— Non, il est beaucoup trop jeune pour ça. Rasé, je te dis. Ah, il y a encore un truc que j'ai remarqué : il n'arrête pas de mastiquer des cachous. Je m'en suis rendu compte à cause du petit bruit métallique que fait la boîte quand il l'agite.

— Et il venait souvent voir Galvani ?

— Assez, oui. Deux ou trois fois par semaine. Comme je te l'ai déjà dit, ils avaient l'air de bien s'entendre.

Elle s'ébroua.

— Bon, eh bien maintenant le bureau des renseignements est fermé pour la journée, annonça-t-elle avec une belle franchise. Moi j'ai envie de m'occuper de ta queue.

Et elle fit comme elle disait.

Elle n'avait pas voulu le laisser repartir sans qu'il la reprenne, mais cette fois par là où elle était le plus étroite. À genoux en travers du lit, elle s'était ouverte à deux mains, doigts enfoncés dans sa propre chair, lui offrant au milieu de sa croupe opulente le sillon moite où palpitait un puits minuscule entouré de fines stries.

— Viens, répétait-elle d'une voix gémissante. Mais qu'est-ce que tu attends, nom d'un chien, tu n'as pas envie ?

— Si, finit par murmurer Boris, mais tu n'as pas peur que je te fasse mal ?

Elle gigota des fesses.

— Idiot, c'est ça qui est bon, que tu me fasses mal justement !

Elle l'avait attrapé, d'une main passée entre ses cuisses, et elle se caressait elle-même avec son sexe. Puis elle le présenta à l'entrée la plus secrète et la plus resserrée de sa personne, et il sentit qu'elle se détendait de tout son corps pour l'accueillir plus facilement. Quelques secondes plus tard, il l'envahissait tandis qu'elle se mettait à rugir crescendo.

Ils étaient si absorbés par ce qu'ils faisaient qu'ils n'entendirent pas un toussotement, dans la pièce voisine, puis une chaise qu'on déplaçait, et enfin une voix timide qui demandait s'il y avait quelqu'un.

Finalement, tout de même, Boris se bloqua, doigts enfoncés dans les hanches de la gardienne.

— Tu es sûre que tu as bien fermé la porte à clé ? interrogea-t-il.

— Je crois, oui, haleta-t-elle. Pourquoi ?

— Parce que j'ai comme l'impression qu'on n'est plus tout seuls.

— Hein ?

En même temps que Boris, elle tordit la nuque en arrière. Juste au bon moment pour voir apparaître dans l'embrasure de la chambre une tête blafarde qui les regardait avec des yeux effarés.

— Merde ! jeta Ariane.

Boris se retira précipitamment, tandis qu'Ariane attrapait l'un des draps du lit et s'en enveloppa ; bondissant du lit, elle gagna la pièce principale de la loge. Elle revint quelques instants plus tard.

— Effectivement, dit-elle, j'ai dû me tromper, la porte était restée ouverte.

Elle se rejeta sur le lit.

— Quand on parle du loup, soupira-t-elle. Ce type est justement un client de Galvani. Il venait le voir, il est monté et il avait l'air drôlement embêté de trouver l'agence fermée.

— Un client de Galvani ? fit Boris en sautant du lit.

— Oui, mais...

Avant qu'elle eût achevé sa phrase, Boris était déjà pratiquement rhabillé.

— À plus tard, fit-il en giclant hors de la loge, je t'expliquerai !

L'instant d'après, il était dehors, sur la place du Général-Catroux. Cette silhouette qui s'éloignait, là-bas, en costume gris, nuque maigre, épaules un peu voûtées, ce devait être celle du client intempestif. Il le rejoignit en quatre enjambées.

— Excusez-moi, fit-il en l'abordant, mais je crois que vous cherchiez Théo Galvani ?

L'autre sursauta, reconnaissant l'homme qu'il venait de surprendre tout nu, quelques minutes plus tôt, en train de s'envoyer une créature de rêve avec une belle ardeur. Il dressa vers Boris un visage blafard. Il ne devait pas avoir plus de trente-cinq ans, mais il en paraissait au moins dix de plus. Cheveux déjà gris sur les tempes, yeux gris derrière des lunettes à montures d'écaille, joues creusées. Non seulement il portait un costume gris, mais il avait aussi une cravate grise. Sur une chemise gris-bleu.

— Je suis désolé, dit-il, je ne voulais pas être indiscret.

Boris agita la main.

— Aucun problème. Ce que je voudrais savoir, c'est pourquoi vous vouliez voir Galvani ? Vous pouvez me le dire, c'est moi qui le remplace en ce moment.

— Il est en voyage ? demanda l'autre.

Boris hocha la tête.

— Si on veut. En tout cas, c'est moi qui m'occupe des dossiers en cours.

Le nœud de cravate du type montait et descendait au

rythme de sa pomme d'Adam. Il hésita quelques secondes, puis :

— Non, c'est une affaire personnelle. J'attendrai son retour.

— Mais puisque je vous dis, insista Boris…

Il avait posé la main sur son bras. L'autre se dégagea, puis réagit d'une façon étrange. Il fit un bond en arrière et se mit à hurler.

— Laissez-moi ! Je vous dis de me laisser ! Espèce de salopard ! Obsédé de baiseur ! J'ai tout vu ! Tout ! Foutez-moi la paix, vous entendez ?

Puis il se mit à cavaler sur le trottoir en direction de l'avenue de Villiers.

Boris resta quelques instants immobile. Sidéré. Puis il se secoua.

— C'est trop bête, dit-il.

Il se remit à filer le petit homme gris. Celui-ci avait ralenti l'allure. Bientôt, il traversa l'avenue et gagna une brasserie où il s'engouffra. Boris attendit deux ou trois minutes, puis entra à son tour dans la brasserie. Il n'y avait qu'une dizaine de clients. Le petit homme gris s'était installé au fond, seul à une table. On était en train de lui apporter un demi. Boris se rapprocha doucement de sa table. Se disant que s'il se remettait à crier et à faire du scandale, il serait obligé de battre en retraite.

L'autre le vit approcher et esquissa un mouvement pour se lever. Dans sa précipitation, il renversa son demi. Le verre alla se fracasser à terre. Une serveuse se rapprocha. Fataliste.

— C'est jamais que la cinquième fois aujourd'hui, dit-elle en commençant à ramasser les morceaux.

— C'est ma faute, fit Boris. Cette tournée est pour moi, de toute façon. Et la prochaine aussi. Deux demis, s'il vous plaît.

Et il s'installa face au petit homme gris.

Non sans remarquer que celui-ci tremblait.

— Qu'est-ce que vous avez à me harceler ? cracha-t-il entre ses dents. Qu'est-ce que je vous ai fait ? Je ne vous connais pas ! Foutez le camp !

Boris attendait, stoïque sous les rafales. L'autre jeta encore quelques remarques peu aimables, puis commença à se calmer. Dans le même temps, un jeune homme mince, crâne impeccablement rasé, entra à son tour dans la brasserie et alla s'asseoir très loin d'eux du côté du bar. Aussitôt, il sortit d'une poche son téléphone portable et pianota un numéro. Sans cesser de mastiquer des cachous.

— Quand vous verrez M. Galvani, précisa le petit homme gris à Boris, dites-lui que je suis venu le jour convenu, à l'heure convenue. Marcellin Braudeau. C'est mon nom. Vous lui direz, hein ? Et aussi que je reviendrai quand ça l'arrangera.

Boris secoua la tête.

— Rien n'arrangera plus Théo Galvani, dit-il. Vous ne le reverrez pas et moi non plus.

— Pourquoi ? Qu'est-ce qu'il a ? Des ennuis de santé ?

— C'est ça exactement. Des ennuis de santé. De gros ennuis, même.

L'autre souffla.

— Quoi ? Vous voulez dire…

— Mort, laissa tomber Corentin. Tout ce qu'il y a de plus mort. Suicidé.

La serveuse avait rapporté deux bières. Ils burent en silence.

— Qu'est-ce qui me prouve ?… attaqua Marcellin Braudeau.

— Rien, fit Boris. Son suicide a fait trois lignes dans les quotidiens et l'affaire va être classée. Pour vous mettre à l'aise, je peux vous dire aussi que je n'ai jamais rencontré Galvani, je ne l'ai jamais vu. Je vais sans doute reprendre son agence, mais je ne suis pas au courant de ses affaires, alors vous êtes libre de ne pas me répondre.

Il avança le buste au-dessus de la table.

— Il vous faisait chanter ? C'est ça ?

Braudeau reposa son verre.

— Ça ne vous regarde pas, dit-il. Galvani est mort et moi je suis libre. Libre ! Libéré ! C'est magnifique !

Boris alluma une Gitane blonde.

— Ne vous réjouissez pas trop vite. Officiellement, c'est vrai, Galvani s'est suicidé, mais j'ai de très bonnes raisons de penser qu'il a été tué. Par qui ? Peut-être par quelqu'un qui avait envie de reprendre sa petite affaire de chantage. Si mon hypothèse est exacte, vous n'allez pas tarder à recevoir de la visite. Il ne vous a jamais envoyé personne pour vous menacer ?

La lèvre inférieure de Braudeau trembla.

— Si. Une fois où j'étais en retard dans mes paiements.

— Et à quoi il ressemblait ?

— Ils étaient deux. Un type et une fille. Très jeunes. Des voyous. Des espèces de… Des espèces de punks, mais en plus moderne, vous voyez ce que je veux dire ? Et grimpés sur des rollers. Ils m'ont annoncé que si je ne payais pas dans les huit jours, ils me coupaient les… les couilles. Ils n'avaient pas l'air de plaisanter.

Boris tirait sur sa Gitane blonde.

— Eh bien à mon avis, dit-il, vous n'allez pas tarder à les revoir, ces deux punks.

L'autre devint encore plus gris. Terreux.

— Une autre fois, dit-il, il m'a aussi envoyé sa secrétaire…

— Sa secrétaire ?

— Agathe Fournel. Une peau de vache sous des airs d'ange. D'après ce qu'il m'a semblé elle était au courant de toutes les affaires du patron, même les plus clandestines.

Boris enregistrait. Agathe Fournel était précisément l'une des deux personnes que Brichot, en ce moment même, était sans doute en train d'essayer de contacter.

— Qu'est-ce que vous aviez fait pour qu'il vous fasse chanter ? demanda Boris.

Braudeau haussa les épaules. Il hésita un instant, puis, très vite, il se mit à parler :

— Je n'ai rien fait à proprement parler, dit-il. Simplement, je suis ingénieur et je travaille dans une boîte « sensible » comme on dit. Une fabrique de matériel de haute sécurité, notamment des tenues de protection pour les gens qui bossent dans l'industrie chimique et le nucléaire. On a des contrats avec le ministère de la Défense. Dans ce genre de boîtes, on fait des enquêtes systématiques sur les employés. En particulier, on se soucie énormément de leur équilibre psychique. Enfin bref, Galvani a enquêté sur moi comme sur les autres. Il se trouve malheureusement que j'ai été interné plusieurs fois, quand j'avais entre vingt et vingt-cinq ans, pour dépression nerveuse. Ça n'a l'air de rien, mais c'est un truc à me faire virer. Il a utilisé le piège classique. Il est venu me voir en se faisant passer pour un inspecteur de la Sécurité sociale en train d'enquêter sur les arrêts maladie. Il y est allé au flan, il a évoqué des compléments d'indemnités au cas où j'aurais été interné dans le passé. Je suis tombé dans le traquenard. J'ai parlé de mes anciens séjours en hôpital psychiatrique. Il avait gagné. Il m'a mis le marché en main : ou bien il faisait un rapport véridique à mon patron et j'étais licencié ; ou bien c'était moi qui payais.

Il passa une main tremblante sur son front en sueur.

— Depuis, je lui donne chaque mois la moitié de mon salaire, chevrota-t-il.

Boris posa la main sur son avant-bras.

— Calmez-vous. Le cauchemar est terminé maintenant. Galvani est mort. Quant aux autres, les petits gars à rollers dont vous avez parlé par exemple, on va essayer de s'en occuper…

Quelques instants plus tard, Boris payait l'addition. Ils se quittèrent sur le trottoir de l'avenue de Villiers. Boris fit quelques centaines de mètres le long de l'avenue, puis sortit son téléphone portable et composa le numéro des Affaires Recommandées. Tout de suite, il eut Rabert [1] au bout du fil.

Il lui demanda de vérifier aux Archives s'il n'y avait rien au nom de Marcellin Braudeau.

*

* *

Pour la première fois depuis des mois, Marcellin Braudeau se sentait le cœur léger. C'est fou ce qu'un homme peut changer en quelques minutes. Il avait l'impression de revenir à la vie. Il remarqua qu'il faisait un soleil éclatant, que c'était le printemps, et les femmes qu'il croisait, sur les trottoirs, lui paraissaient toutes ravissantes.

Pour la première fois aussi depuis très longtemps, il eut envie de s'habiller autrement qu'en gris.

Il songea à sa propre femme, Lila, qui l'attendait dans leur appartement de Montreuil. Lila était cardiaque, et il avait dû faire de véritables acrobaties pour qu'elle ne sache rien du chantage exercé par Théo Galvani. Mais le résultat, c'est qu'ils n'avaient pas pu prendre de vacances depuis deux ans. Maintenant, ils allaient pouvoir.

— Ce soir, je l'emmène dîner au restaurant, décida-t-il.

---

1. Rabert et Tardet forment l'autre équipe de policiers de la section des Affaires Recommandées de la Brigade Mondaine

Ça non plus, ils ne pouvaient plus le faire depuis deux ans.

Ensuite, il réfléchit aux endroits où ils pourraient passer quelques jours. Au bord de la Loire, peut-être ? Ou en Vendée ? Ou encore sur l'île de Ré ? Lila avait toujours rêvé de connaître l'île de Ré.

Mentalement, il opta pour l'île de Ré. Il allait en parler dès ce soir à Lila.

Il s'était engagé dans une petite rue déserte qui conduisait à l'avenue Niel, la rue Batry-d'Avricourt. Derrière lui, deux patineurs montés sur des rollers se rapprochaient presque sans bruit, avec des grâces de danseuses étoiles. Arborant l'effigie de Che Guevara sur leur tee-shirt blanc.

Il ne les entendit pas venir. Arrivé à sa hauteur, le premier des deux pirouetta sur lui-même trois fois, rien que pour le plaisir, pour la beauté du geste, et, dans ce mouvement, de son bras droit rejeté en arrière, il arracha à son sac à dos un superbe poignard, une sorte de dague très effilée.

La dague eut l'air de partir toute seule, vibrant à travers l'air chaud de cette belle après-midi de printemps. Le bras de Fred Garpen n'eut même pas le temps de retomber que la pointe de la dague entrait en contact avec la base de la nuque de Marcellin Braudeau.

Il ne ressentit rien. Juste une piqûre de guêpe au bas du cou. Comme dans un film au ralenti, il voulut toucher sa blessure, mais la dague continuait sa course à travers la chair. Elle atteignit enfin sa moelle épinière. L'instant d'après, il s'écroulait. À genoux d'abord. Puis de tout son long, face contre terre. Il eut l'impression que la chaussée se transformait en hors-bord, et filait à une allure vertigineuse vers l'horizon. Vers l'île de ses rêves. Puis tout se brouilla. Et ce fut la nuit totale.

Quand ils opéraient de cette façon, Fred et sa copine Désirée, alias Slim, réglaient leurs mouvements comme s'il s'agissait d'un ballet. Fred frappait puis s'éloignait sur ses patins, et Slim, l'instant d'après, récupérait au vol le poignard et s'éloignait à son tour.

Une fois encore, tout se passa à merveille. Fred et Slim, volant sur leurs patins *on line*, avaient disparu au bout de la rue Batry-d'Avricourt lorsqu'un passant qui arrivait en sens inverse s'avisa qu'il y avait là, affalé sur le trottoir, un type habillé d'un complet gris, avec une tache rouge à la base de la nuque, et une immobilité qui était tout sauf naturelle.

C'est seulement dix minutes plus tard, alors que le premier car de police secours arrivait, que le passant en question se souvint des deux *rollermen* qu'il avait vus filer sur leurs patins, quelques instants avant de tomber sur le cadavre du type.

Maintenant qu'il y repensait, il revoyait l'un des patineurs sauter avec agilité sur le trottoir, y ramasser quelque chose puis rejoindre la chaussée et s'éloigner à toute vitesse.

Il revoyait aussi leur tee-shirt blanc, et l'effigie de Che Guevara gravée dessus.

Il se rapprocha d'un jeune agent en uniforme et commença son récit.

CHAPITRE XI

Autour d'elle, le décor ne s'était pas arrangé depuis la mort de son mari, c'était le moins qu'on pouvait dire, mais elle ne s'en rendait même pas compte. De toute façon, elle était beaucoup trop saoule pour se préoccuper de ces choses-là.

Rue Nansouty, non loin du parc Montsouris, dans ce qui avait été leur domicile conjugal, à Théo Galvani et à elle, Aurélie s'était levée tard, comme à son habitude, et, depuis, elle traînait de pièces en pièces, un peu hagarde et titubante, à la recherche d'un verre d'alcool ou d'une cigarette. Il n'y avait que pour ça qu'elle sortait de chez elle, depuis la mort de son mari : pour s'acheter des cigarettes ou de l'alcool. Dans ces deux domaines, elle ne manquait de rien. Plusieurs cartouches de Peter Stuyvesant s'entassaient sur le rebord de la cheminée. Quant à l'alcool, il y en avait pour tous les goûts : cognac, whisky, pastis, vodka, champagne. Pas mal de vin aussi. L'ennui, c'est que les bouteilles se vidaient aussi vite qu'elle les achetait, mais elle ne voyait pas du tout comment faire autrement. Théo avait disparu, Théo était mort. Il s'était suicidé. Il l'avait abandonnée. Elle était seule au monde, il fallait bien qu'elle se console comme elle pouvait.

— Pourquoi tu m'as abandonnée, salaud ? interrogea-t-elle à haute voix en se reversant un verre de vodka.

Ça lui arrivait de plus en plus souvent de parler à Théo comme s'il était encore là, avec elle, dans la maison. De temps en temps elle lui posait des questions, elle lui demandait conseil. D'autre fois elle l'insultait, puis fondait en sanglots.

— Qu'est-ce qu'on va faire maintenant ? demanda-t-elle encore.

Elle avala une nouvelle gorgée de vodka. À jeun, la vodka, en guise de petit déjeuner, elle trouvait ça souverain. Elle oscillait d'un meuble à l'autre dans la salle de séjour transformée en taudis. Partout, il y avait des coussins renversés, des cendriers pleins, des bouteilles vides qui avaient roulé à terre. Une assiette avec un reste de jambon de Parme racorni traînait sur un fauteuil. Sur un autre, il y avait des peaux de saucisson et des noyaux d'olives noires. Le soleil qui entrait à flots par la fenêtre illuminait avec une précision cruelle ce spectacle de désolation.

Et elle, au milieu de tout ça, la veuve de Théo, elle était nue. Absolument, complètement à poil. Le soleil illuminait aussi sa nudité, ses seins ronds mais un peu trop lourds, son ventre large, ses fesses grasses, ses cuisses puissantes, et cette touffe de poils sombres, au centre d'elle, qui contrastait avec ses cheveux platinés de poupée hollywoodienne. Si elle ne s'était pas laissé aller comme ça depuis des années, elle aurait pu être belle, Aurélie, mais maintenant elle n'était plus que l'ombre d'elle-même, une femme avachie qui approchait de la quarantaine, qui buvait trop et qui ne se surveillait plus.

La mort de Galvani avait représenté le coup de grâce. Il y avait eu des visites de flics, des questions, un début d'enquête sur le comment et le pourquoi de ce suicide. Le cadavre de Théo avait été autopsié, et le médecin légiste avait rendu son verdict : ce crétin s'était bel et bien foutu en l'air, on ne l'avait pas aidé.

Pourquoi il avait fait ça ? Elle n'en avait aucune idée. Maintenant, il allait y avoir l'enterrement, ou plutôt l'incinération parce qu'elle avait décidé qu'il serait incinéré, puis la succession, l'ouverture du testament chez le notaire, et aussi la liquidation de l'agence, enfin tout un bordel qui la dépassait et qu'elle se sentait incapable d'affronter.

Et elle n'avait personne à qui se confier. Pas un ami. Pas une amie. Le seul qui aurait pu l'aider, c'était ce salopard d'Albert, son beau-frère. Albert Galvani. Une belle ordure. Plein aux as, et qui n'avait jamais levé le petit doigt pour venir en aide à Théo. Pire : il était venu lui annoncer un beau matin, avec un air satisfait, que Théo s'était tué, et il avait essayé de profiter de l'occasion et de son désarroi pour la sauter. Elle était persuadée, maintenant, dur comme fer, que son beau-frère était venu pour la violer. Elle s'était montée toute seule contre lui. Et, à présent, elle le haïssait.

Elle était en train de se dire que son verre était vide et qu'elle allait le remplir lorsque le carillon de sa porte d'entrée tinta sur trois notes.

— Qu'est-ce que c'est que ça encore ? grogna-t-elle.

Elle tituba jusqu'à la porte. Par l'œilleton, elle aperçut une silhouette mince dans un costume clair. Aucune idée de ce que pouvait être ce type.

— Qui est-ce ? interrogea-t-elle.

— Un ami de Théo, répondit la voix de l'inconnu derrière le battant.

Elle hésita. Un ami de Théo ? Il n'en avait pas beaucoup et elle les connaissait tous. Celui-là, en revanche, elle ne l'avait jamais vu. Elle décida tout de même d'ouvrir. Un peu de distraction ne lui ferait pas de mal, songea-t-elle.

Elle déverrouillait la porte quand elle s'aperçut *in extremis* qu'elle n'avait rien sur elle. Elle alla chercher une serviette de bain et s'en enveloppa. C'était une grande serviette en coton éponge blanc décorée de pas mal de taches de café ou de vin et trouée de brûlures de cigarettes, mais il y avait longtemps qu'elle ne prêtait plus attention à ces petits détails.

Elle ouvrit la porte et reçut comme un choc le regard doré de l'homme qui se tenait sur le seuil. Il était grand, beau, avec des traits fins, le nez fort, et son crâne rasé lui donnait l'air vaguement asiatique. Elle le trouva à la fois inquiétant et plein de séduction.

Il sourit, exhibant des dents éclatantes.

— Je m'appelle Marco Staner, dit-il. Vous me permettez d'entrer ?

Elle s'effaça et il fit quelques pas à l'intérieur de la maison. Puis, elle le précéda jusqu'à la salle de séjour.

— J'étais un ami de votre mari, reprit-il. Je ne me trouvais pas à Paris quand il est mort. Je viens seulement de rentrer et d'apprendre ce grand malheur. Je suis effondré.

— Marco… murmura Aurélie. Je ne me souviens pas… Je ne crois pas que Théo m'ait jamais parlé de vous…

Il hocha la tête.

— Le contraire aurait été inquiétant de sa part. En vrai professionnel, il était tenu à la discrétion. Je suis juriste, voyez-vous, et il faisait souvent appel à mes services, mais dans la confidentialité la plus totale. C'est ainsi que nous sommes devenus amis.

— Ah bon ? fit-elle d'une voix un peu pâteuse et le regard égaré.

Il lui fallait un nouveau verre de vodka, pensa-t-elle, pour se remettre les idées en place.

— Vous ne voulez pas boire quelque chose ? demanda-t-elle.

— Je prendrai ce que vous prendrez, dit-il.

Il la regarda évoluer à travers la pièce, la suivant de ses yeux dorés. Pas mal, pensa-t-il. Trop blonde, trop grasse, mais pas mal. Assez à son goût, en réalité. Elle se négligeait, de toute évidence, mais cela l'excitait. Elle n'en était que plus vulnérable. Dès cet instant, il décida qu'il l'aurait.

Elle revenait avec deux verres. Elle lui tendit le sien.

— Asseyez-vous, dit-elle en désignant le seul siège qui n'était pas encombré. Pendant ce temps, je vais me changer.

Il l'arrêta.

— Restez comme vous êtes.

Il avait parlé doucement, mais avec fermeté. Elle le regarda, interloquée.

— Hein ?

— Je vous trouve très bien comme ça.

Elle le regardait toujours, troublée par le feu doré de son regard qui l'enveloppait.

— Vous trouvez ? hoqueta-t-elle.

— Vous êtes très belle, insista-t-il d'une voix de velours.

Il y avait quelque chose d'animal qui montait d'elle comme un parfum. Quelque chose d'abandonné, de fragile, d'offert et de confus qui le mettait progressivement hors de lui. Il décida de jouer son va-tout. Qu'est-ce qu'il risquait ? De toute façon, s'il voulait arriver à l'utiliser comme complice, le mieux c'était d'abord de faire d'elle son esclave sexuelle. À condition, bien sûr, qu'elle ait des dispositions. Mais ça, il le reniflait. Elle avait des dispositions. Et il allait la révéler à elle-même.

Il avança carrément la main, doigts en crochets, et fit tomber sa serviette-éponge.

— Ça va pas, non ?

Aurélie eut une première réaction à laquelle tout autre que lui se serait laissé surprendre. Elle lâcha son verre, et, griffes en avant, les yeux hors de la tête, elle se précipita sur lui comme une chatte sauvage.

Les quatre baffes magistrales qu'elle reçut la coupèrent en plein vol. Elle recula et s'immobilisa tandis que ses joues se marbraient de rouge. Ses gros seins tressautaient au rythme de sa respiration sifflante.

Il y eut un long silence. Puis, d'une voix tremblante, elle murmura :

— Je crois que j'aime ça.

Elle avait les yeux qui étincelaient brusquement. Il la gifla encore. Pour leur plaisir cette fois. Et de nouveau à quatre reprises. Elle vibrait sur elle-même. Au bout d'un moment, elle dit :

— Tu veux me rendre folle…

Ce n'était pas une question, juste une constatation. Il la considéra froidement.

— Tu avais besoin que je débarque dans ta vie, dit-il d'une voix froide. Théo était un con. Pas mauvais comme détective, mais il a essayé de me doubler parce qu'il voulait partir avec une fille, oui, tu ne le savais pas, hein ? Une nana de dix-neuf ans avec laquelle il filait le parfait amour depuis des mois, pauvre idiote. Il en était fou. Au point de mettre en péril notre petite entreprise à tous les deux. Mais enfin maintenant les choses se sont arrangées. Il s'est foutu en l'air, et c'est moi maintenant qui m'occupe de ses affaires. Et j'estime que tu fais partie des affaires. Tu entends ce que je dis ? Tu entends bien ? À partir de maintenant, tu m'appartiens.

Ça non plus ce n'était pas une question, juste une affirmation. Aurélie ne disait rien. Quelques larmes perlaient sous ses paupières, mais on ne pouvait pas savoir si c'était d'avoir reçu des volées de gifles, ou encore de la joie d'avoir trouvé son maître.

Le regard doré de Marco Staner l'explorait. Il descendit de ses gros seins aux bouts roses à son ventre ombragé d'une épaisse toison brune. Il tordit la bouche.

— Il va falloir que je te débarbouille, grinça-t-il, fixant d'un regard hostile ses poils pubiens.

Puis il commanda :

— Lève les bras.

Elle obéit comme une automate.

Il grimaça. Cette salope, décidément, se négligeait, elle ne se rasait pas sous les bras. De cela aussi, il allait falloir s'occuper.

— Tourne-toi, ordonna-t-il encore.

Elle pivota sur elle-même, lui présentant une croupe majestueuse qu'il allait être délicieux, pensa-t-il, de fouetter à l'occasion. Il l'imaginait déjà tressautant, creusant les reins sous les coups de cravache, gueulant de souffrance et en redemandant. Il avait justement chez lui une magnifique cravache en cuir de chez Hermès. La prochaine fois, il l'apporterait.

— Baisse-toi, dit-il. Ouvre le cul.

Elle fit ce qu'il disait. Elle écarta même à deux mains les hémisphères de ses fesses qu'il examina avec attention dans les grandes profondeurs. C'était bien ce qu'il pensait, là aussi. Ses poils remontaient tout autour de son orifice le plus secret, tapissant le sillon de sa croupe. Il allait avoir du travail s'il voulait la rendre présentable c'est-à-dire glabre, lisse, nettoyée de toute pilosité.

— Ça va, dit-il, l'inspection est terminée, tu peux te redresser.

Elle fit comme il disait. Tous ces événements lui donnaient horriblement soif. Elle alla chercher la bouteille de vodka.

— Stop ! jeta Marco Staner.

Elle se bloqua, le regardant par en-dessous comme un animal en cours de dressage. Pas encore complètement matée, mais ça venait.

— Tu as assez bu comme ça, décida-t-il.

Il esquissa un sourire.

— Maintenant, tu n'as plus besoin de boire puisque tu m'as. Allez, ouste ! À la salle de bains ! ajouta-t-il en la prenant sous le bras.

Elle se laissa traîner jusque-là. Il la poussa sous la douche, et ouvrit en grand le robinet d'eau froide. Elle hurla au contact de l'eau glacée, puis elle ne dit plus rien parce qu'il la savonnait sur tout le corps avec une étrange douceur. Enfin, il la frictionna, la sécha, et la porta presque jusqu'à sa chambre où il la déposa sur le lit, un lit où on aurait pu tenir à l'aise à quatre ou cinq, avec de hauts montants de cuivre. Elle avait les cheveux qui dégoulinaient, elle grelottait, mais qu'est-ce que c'était bon d'être prise en charge par ce type qu'elle ne connaissait même pas, mais à qui elle n'avait plus qu'une envie : obéir. Toujours obéir. Pour ne plus être rien qu'un jouet entre ses mains. Théo n'avait jamais su la prendre comme il aurait fallu. Il était trop gentil, trop conciliant. Tandis que lui…

Marco Staner retourna dans la salle de bains, y fourragea dans un placard et en revint avec une bombe de mousse à raser qui, de toute évidence, avait appartenu à Galvani.

Il exhiba de nouveau sa dentition éclatante.

— Je vais te débarrasser de tes poils superflus, annonça-t-il.

Elle dit même pas non, elle n'avait pas l'air de comprendre vraiment ce qu'il disait, elle le regardait simplement, littéralement hypnotisée. Il avait retiré sa veste et relevé ses manches de chemise. De sa poche, il avait sorti un superbe rasoir à manche et à lame courbe. Il fit gicler une mousse abondante sur le ventre de la jeune femme, dont la toison sembla disparaître sous la neige. Puis il étala soigneusement la mousse, non sans s'attarder le long de ses lèvres intimes où, de temps en temps, il introduisait un doigt. À chaque fois qu'il faisait ça, elle haletait, soulevait les hanches, s'offrait davantage encore en écartant les cuisses. Une chose. Elle était devenue une chose. Sa chose. C'était délicieux.

Marco sourit intérieurement, songeant à la rapidité

avec laquelle celle-là, comme les autres, s'était soumise pour se soumettre à sa volonté. Il avait un don, c'était incontestable, il savait choisir ses esclaves...

Le rasoir, maintenant, était entré en action. Raclant, crissant, nettoyant peu à peu les chairs délicates de la jeune femme, les débarrassant de leur toison naturelle.

Tout en travaillant, il s'était mis à parler. Il avait commencé une longue histoire embrouillée, complexe, mais ça ne faisait rien, il savait qu'elle était incapable de comprendre les trois quarts de ce qu'il disait, de toute façon l'important c'était qu'elle lui obéisse. Finalement, il en arriva au nœud du problème : c'était Albert, oui, Albert Galvani, qui était responsable de la mort de son mari. Lui, et lui seul.

— Tu ne le savais pas ? C'est son frère qui l'a poussé au suicide, insista-t-il. Sans lui, Théo serait encore en vie.

Aurélie haletait parce qu'il tirait sur ses lèvres secrètes pour en raser les bords.

— Je... Je crois qu'Albert, ces derniers mois, a refusé de lui prêter de l'argent, murmura-t-elle.

— Pire que ça, fit Marco qui jouait toujours du rasoir. Il lui a réclamé l'argent qu'il lui avait prêté autrefois, quand il a ouvert son agence.

Le ventre d'Aurélie se souleva.

— Le salaud... souffla-t-elle.

Il introduisit plusieurs doigts dans son ventre rien que pour le plaisir de la sentir gémir.

— Comme tu dis. Et c'est lui aussi qui a dénoncé Théo aux flics en l'accusant de chantage. Il voulait le mettre dans la merde jusqu'au cou, tu comprends, le pousser au désespoir, qu'il soit aux abois.

— Mais pourquoi ?

— Pour récupérer l'agence après son suicide, tiens, qu'est-ce que tu crois ? C'est d'ailleurs ce qu'il est en train de faire. En tant que créancier prioritaire, il a maintenant toutes les chances de récupérer la mise… C'est une véritable ordure, conclut Marco qui avait terminé le côté face.

Il l'essuya avec une serviette et vérifia que son travail était correct. Elle était lisse et nue, maintenant, comme un beau fruit. Il caressa son mont de Vénus rond et chaud. Il apprécia qu'elle soit fendue très haut et très profond, avec un clitoris qui saillait au moindre effleurement. Sous les poils, avant, on ne s'en rendait pas compte du tout.

— Tourne-toi, murmura-t-il.

Elle obéit.

Il lui écarta les fesses, inonda son sillon de mousse à raser, puis son rasoir entra en action côté pile. C'était plus délicat. La marge de manœuvre était restreinte, vu l'énormité des volumes jumeaux de sa croupe, et il fallait faire attention à ne pas la blesser. Il voulait d'autant moins l'abîmer qu'il avait l'intention de se servir de tout ça dans les plus brefs délais.

— Je ne sais pas si tu saisis bien le problème, continua-t-il de sa même voix calme et ferme. Ton beau-frère a décidé de te ruiner. Et il a les moyens de le faire. Si tu ne réagis pas, tout ce que Théo possédait va te passer sous le nez. Tu comprends ?

Elle creusa un peu les reins. Trouvant le contact de la lame dans son sillon intime assez agréable. Ça la chatouillait, mais en même temps ça agaçait ses terminaisons nerveuses de façon assez délectable. C'était en tout cas une sensation tout à fait inédite pour elle.

— Oui, murmura-t-elle, tête écrasée contre l'oreiller, mais qu'est-ce que je…

Il continuait à faire virevolter le rasoir autour du puits froncé de ses reins.

— Ce qu'il faut, dit-il, c'est démolir ce salaud. Ne t'inquiète pas, je vais t'expliquer très précisément ce que tu auras à faire. Mais avant…

Avant, il avait envie de s'offrir un peu de bon temps. Elle était complètement « débarbouillée » à présent. Avec la serviette, il essuya le sillon de sa croupe très soigneusement, puis jeta la serviette roulée en boule dans un coin de la chambre. Ensuite, il dénoua la ceinture de son pantalon. Elle entendit le miaulement de son zip qui descendait, mais elle ne se retourna pas. Elle savait qu'il allait la prendre et elle ne demandait que ça.

Tout de même, elle fut surprise quand il lui planta un index dans les reins. Elle ne s'y attendait pas, elle lâcha un « ah ! » étonné.

— On ne t'a pas prise souvent par là, hein ? murmura-t-il.

— Non, avoua-t-elle. Théo n'osait pas. Chaque fois qu'il me demandait, de toute façon, je lui disais que je n'aimais pas ça.

Installé entre ses cuisses, il entreprit, d'un bras passé sous sa taille, de la redresser vers lui et de la mettre à quatre pattes.

— Théo était un con, lâcha Marco Staner en se guidant vers elle. Il ne faut jamais demander.

Il s'était avancé jusqu'à l'orée du puits de ses reins. Le minuscule anneau résista quelques instants contre la dure colonne de chair qui entreprenait de le fracturer. Puis il céda, et, d'une pesée régulière, Marco força l'étroit canal. Pour Aurélie, la douleur se révéla fulgurante. Elle lâcha un cri. Mais, l'instant d'après, envahie jusqu'au fond des reins, elle se mit à frémir, complice de sa propre douleur, donnant des coups de hanches violents, s'empalant sur lui, allant à sa rencontre avec des halètements croissants de plaisir.

Une heure plus tard, après qu'il l'ait prise par tous les orifices, qu'il ait joui au fond de ses reins puis dans sa bouche et encore dans son ventre, il lui donna l'ordre de s'habiller, puis il la ramena dans la salle de séjour. Elle n'avait pas encore tout à fait dessaoulé, mais si elle avait l'air ivre, c'était plutôt de toute la jouissance qu'elle venait de connaître, une jouissance décuplée par la soumission à laquelle il l'avait contrainte.

Il lui permit d'avaler un fond de vodka, mais rien de plus.

Il lui alluma une cigarette, la lui tendit presque gentiment et, faisant les cent pas, se mit à disserter de nouveau sur son beau-frère, Albert Galvani. D'après lui, ce dernier avait un point faible, et c'était sa maîtresse, la célèbre Alexia Rouval, star de la télé et animatrice de *Rien que la vérité*.

C'était là qu'on allait frapper pour commencer.

Puis il s'assit en face d'elle et lui demanda de l'écouter très attentivement.

CHAPITRE XII

Le capitaine de police Aimé Brichot examinait avec un désespoir certain le bout de ses chaussures couvert de poussière blanche. On aurait dit qu'il venait de se rouler dans un sac de farine. Voilà ce que c'était que de marcher à travers Paris, un jour de chaleur comme celui-ci où on se serait cru en plein été. Une vague de désarroi l'envahit. Qu'est-ce qu'il foutait là, dans ce quartier de Ménilmontant, entre la rue des Amandiers et l'avenue Gambetta, à deux pas du cimetière du Père Lachaise ? La réponse était toute simple et désespérante : il faisait chou blanc. Bruno Chaissac n'était pas chez lui. Il était parti pour quinze jours en voyage organisé dans le Népal. Chaissac, c'était l'un des deux employés que Théo Galvani avait licenciés peu avant de se « suicider ». Dans le vocabulaire des détectives privés, Chaissac c'était le fileur, c'est-à-dire l'agent de terrain qui pratique les filatures. Exactement le rôle que Brichot lui-même était censé jouer auprès de Boris.

En attendant, le fileur avait filé. Profitant sans doute de ses indemnités, il était allé se faire voir ailleurs. C'est ce que lui avait expliqué poliment la gardienne de son immeuble, une sexagénaire à cheveux blancs qui avait bien du mal, même en hurlant, à couvrir les aboiements de son berger allemand tandis qu'elle conversait avec Brichot.

Et ce dernier était le bec dans l'eau. D'ici à ce que

l'autre se soit fait la malle également, il n'y avait pas des kilomètres. L'autre, c'était une nommée Agathe Fournel, la secrétaire du détective. D'après les informations qu'Aimé avait notées sur un Post-it, elle habitait à l'autre bout de Paris, au fin fond du XVe, dans une rue dont il n'avait même jamais entendu parler : la rue Desnouettes.

Boulevard de Ménilmontant, il accéléra le pas, bien décidé cette fois à prendre un taxi. Il faisait de plus en plus chaud et il transpirait dans son costume en Dacron anthracite. Finalement, à l'angle de la rue de Charonne, il aperçut un taxi en stationnement. Il s'y laissa tomber avec le soulagement d'un type qui vient de traverser le désert de la soif et qui tombe, derrière une dune, sur les grandes eaux de Versailles.

*
* *

Une Gitane blonde allumée par Boris Corentin fumait doucement dans le cendrier posé devant lui, sur le bureau en acier brossé d'Albert Galvani.

— Incroyable ! jeta d'une voix sourde le patron de Futurible SA. Mon frère était vraiment un salaud, je ne voulais pas y croire, mais maintenant avec ce que vous me racontez sur ce malheureux type, ce... Comment l'appelez-vous déjà ?

— Marcellin Braudeau, fit Boris. Oui, j'ai toutes les raisons de croire que votre frère le faisait chanter, et il n'était sûrement pas sa seule victime. Je vais essayer de retrouver les autres, mais ce ne sera pas commode, il n'a pas laissé de traces.

Un nuage passa sur les yeux gris de Galvani.

— Je suis catastrophé, avoua-t-il. Sincèrement catastrophé. Autant pour ce que vous m'apprenez de Théo que dans mon propre intérêt, je ne vous le cache pas.

Parce que maintenant, je suppose que vous allez aller jusqu'au bout ?

— Hélas oui, lâcha Boris.

Il reprit sa cigarette et tira une bouffée.

— Pour le moment, les pistes sont plutôt floues, mais j'espère bien les préciser dans les jours qui viennent. D'après la gardienne de l'immeuble, votre frère a reçu deux visites le soir où il est mort. Une femme et un homme…

— Et vous pensez que ce sont les assassins potentiels ?

— Je n'en sais rien du tout. Mais comme ils sont probablement les derniers à avoir vu Théo Galvani vivant, ils m'intéressent au plus haut point, vous imaginez bien.

— Et on sait de qui il s'agit ?

— Le type, non, je n'ai que son signalement : jeune, mince, élégant, le crâne intégralement rasé et mangeant des cachous sans cesse. Il paraît qu'il venait souvent à l'agence, et que votre frère et lui semblaient liés.

Galvani avait sursauté.

— Théo ? Théo lié avec Marco Staner ?

Il avait presque crié. Interloqué, Boris le regarda se lever.

— Lié avec qui ? demanda-t-il.

— Marco Staner, jeta Galvani qui faisait les cent pas. Les cachous, l'élégance, le crâne rasé, c'est Staner. Votre inconnu, inutile de le chercher plus longtemps, il s'appelle Marco Staner et j'aime mieux vous dire que je le connais.

— Comment le connaissez-vous ? interrogea Boris tout en enregistrant mentalement ce nom au vol.

— On a travaillé ensemble pendant quelques mois, il y a un peu plus d'un an. Il était venu me voir pour essayer de m'embarquer dans une affaire de chaîne de restaurants… Des restaurants à thèmes… Oui, vous savez, ces restaurants qu'on développe autour d'un concept original… Son idée, c'était de capter la clientèle des amoureux des animaux. Il avait imaginé un dispositif avec des cages entourant la salle. Des cages dans lesquelles il y aurait eu des singes, par exemple, ou alors des animaux domestiques, des chiens, des chats, des moutons, enfin tout un tas d'attractions animalières… J'ai fait faire des études, mais finalement l'affaire a achoppé sur le problème de l'hygiène, et j'ai renoncé à cette idée.

Il toussota.

— L'ennui, c'est qu'un peu plus tard elle a été reprise et lancée en Belgique et en Espagne avec succès. Staner m'a toujours soupçonné de l'avoir trahi, d'avoir vendu son concept à l'étranger. On s'est pas mal engueulés, à l'époque, il m'a même menacé.

Il s'interrompit.

— Enfin, tout ça ne lui donne quand même pas un mobile valable pour tuer Théo, remarqua-t-il. Je ne crois pas qu'il me haïssait à ce point-là. Et puis, s'il avait dû tuer quelqu'un, ça aurait été moi, non ?

— N'empêche qu'il était entré en relations avec votre frère, fit remarquer Boris.

— C'est ce qui m'étonne le plus, avoua Galvani. Je ne vois pas ce que Staner et mon frère pouvaient faire ensemble.

Il était retourné s'asseoir à son bureau. Ce fut au tour de Boris de se lever.

— Vous venez peut-être de faire faire un pas de géant à l'enquête, remarqua-t-il.

Galvani croisa les mains.

— Si c'est le cas, j'en serai ravi.

Boris allait prendre congé.

— Vous avez parlé de deux personnes, de deux visiteurs, le soir de la mort de mon frère ? interrogea Galvani. L'autre était une femme, c'est bien ça ?

Boris hocha la tête.

— Pour elle, aucun problème, la gardienne l'a d'autant plus facilement reconnue qu'on la voit sur toutes les couvertures de magazines, et, bien sûr, à la télévision. C'est une star du petit écran.

— Pardon ?

— Une animatrice célèbre, oui, Alexia Ronval en personne.

— Alex…

Le P-DG de Futurible SA ouvrait et fermait la bouche avec des airs de brochet qui a des problèmes de respiration parce qu'un pêcheur vient de l'arracher à son milieu naturel. Boris se méprit sur sa mimique.

— Je comprends que vous soyez surpris, je l'ai été autant que vous. Je me demande ce qu'une personnalité comme Alexia Rouval pouvait bien, elle aussi, fricoter avec votre frère.

Galvani s'était repris. Des taches roses apparaissaient sur ses pommettes et sur son front, mais, l'un dans l'autre, il tenait le coup et préservait la façade. Il plaqua les deux mains sur son bureau pour éviter que Corentin n'en repère le tremblement.

— Vous allez l'interroger ?

Boris fronça les sourcils.

— Sûrement. Mais pas tout de suite. Une Alexia Rouval, ça ne se cuisine pas comme Mme Tout-le-Monde. C'est une sorte d'institution nationale dans son genre. Je vais d'abord essayer d'en savoir un peu plus avant d'aller lui poser quelques questions…

Il allait tendre la main à Galvani pour le saluer lorsque son téléphone portable, dans une des poches de son blouson, fit entendre sa sonnerie électronique. Il l'ouvrit.

Immédiatement, il reconnut la voix de Rabert.

— Boris ! Ton Marcellin Braudeau…

— Oui ?

— On l'a retrouvé mort il y a une heure, figure-toi, et pas très loin, j'ai l'impression, de l'endroit où vous vous étiez quittés.

— Merde, fit sobrement Corentin.

— Comme tu dis. Il a été poignardé. Travail impeccable. La moelle épinière a été sectionnée d'un seul coup.

— Pas de témoins ? Personne n'a rien vu ?

— Si, on a un témoin. Il semble que ce sont deux patineurs qui ont fait le coup.

— Des patineurs ?

— Tu sais, ces types grimpés sur des rollers comme on en voit partout…

Ils échangèrent encore quelques phrases, puis Boris raccrocha.

— On dirait que ça se corse, fit-il en regardant Galvani. Ce type dont nous parlions tout à l'heure, Marcellin Braudeau, il vient d'être tué… J'ai l'impression qu'on a décidé de liquider les victimes de votre frère. Si c'est le cas, Alexia Rouval est elle aussi en danger…

La lèvre inférieure d'Albert Galvani, au-dessus de son menton proéminent, se mit à trembler.

*
* *

Au même instant, Brichot débarquait rue Desnouettes, face au domicile d'Agathe Fournel, l'ex-secrétaire de Théo Galvani. Il regarda l'immeuble. En fait, il y en avait trois au même numéro, trois HLM disposés en U, des bâtiments datant des années 60 avec des façades ocre légèrement pisseuses. Aimé Brichot soupira. Il ne connaissait ni le numéro de l'immeuble, ni l'étage où habitait Agathe Fournel. Et comme de bien entendu, il y avait certainement un code à la porte d'entrée de chaque immeuble. Tout cela promettait d'être hautement réjouissant.

Il soupira une seconde fois. Avant d'attaquer ses recherches, il jeta un coup d'œil à droite et à gauche dans la rue. Il n'y avait personne, pas un chat, à part deux adolescents, là-bas, qui s'amusaient sur leurs rollers à faire des figures acrobatiques. Machinalement, Brichot remarqua leur tee-shirt blanc identique : à hauteur de poitrine, sur chacun d'eux, s'étalait le visage bien connu et « christique » de Che Guevara.

Poussant de nouveau un profond soupir, il se dirigea vers l'immeuble de droite.

Convaincu que là aussi il allait faire chou blanc, et qu'Agathe Fournel était, comme Chaissac, partie claquer ses indemnités aux antipodes.

Aimé Brichot avait eu une bonne et une mauvaise surprise. La bonne surprise, c'était qu'aucun des trois immeubles qui portaient le même numéro, rue Desnouettes, n'était équipé en bas d'un code digital. La mauvaise surprise, c'est qu'ils n'étaient pas équipés non plus d'ascenseurs. Or, chacun d'entre eux comportait sept étages.

Il parvenait au troisième étage du troisième immeuble lorsque son téléphone portable sonna. C'était Boris Corentin. Très vite, celui-ci lui raconta ce qui était arrivé à Marcellin Braudeau. Il évoqua aussi les tueurs présumés. Il parla de leurs rollers et de leur tee-shirt « guevarisé ».

— Quoi ? hurla Brichot.

Il ne sut pas si Boris l'avait entendu. Tout de suite après, la communication fut interrompue. Plus de son. Plus rien. Il agita frénétiquement son appareil et se mit à pianoter dessus comme un perdu. En vain. Les batteries devaient être vides.

Trois étages plus bas, il entendit la porte de l'immeuble qui s'ouvrait doucement puis se refermait de même.

Du bout des doigts, il chercha, à hauteur de la taille, du côté de sa hanche droite, le RMR Spécial Police qui devait s'y trouver.

Pas d'arme.

Ce matin, d'un commun accord, Boris et lui avaient renoncé à porter leurs pistolets. Pour plus de crédibilité : un détective privé n'a pas le droit d'être armé, c'est formellement interdit par la loi. Or, provisoirement, ils étaient supposés être des privés…

Par-dessus le marché, Boris ignorait complètement où il se trouvait, il n'avait même pas eu le temps de le lui dire.

Une onde glacée rampa le long de sa colonne vertébrale.

Dans l'escalier, des pas se rapprochaient. Tranquillement. Sans se presser.

CHAPITRE XIII

Côtes sciées, respiration sifflante, Aimé Brichot débarqua au septième étage. Encore quelques minutes de recherches, et il poussa enfin une exclamation sourde : sur une porte, au fond de l'un des couloirs, sur la droite, il y avait une carte de visite au-dessus de la sonnette. Et, sur cette carte de visite, on pouvait lire : Agathe Fournel.

Du pouce, il appuya frénétiquement sur la sonnette.

Pas de réponse. Il recommença. À l'intérieur, la sonnerie s'égosillait dans le vide. Il courut vers la rembarde de l'escalier. On continuait à monter lentement, méthodiquement. Il aperçut une tache blanche, en-dessous de lui : l'un des deux tee-shirts « guevarisés ».

Il se précipita à nouveau vers la porte d'Agathe Fournel et recommença à en massacrer la sonnette.

Lorsque, enfin, la porte s'ouvrit.

Sur une fille superbe : longs cheveux bouclés noirs, visage triangulaire à la bouche large et sensuelle, grands yeux vert sombre.

Et vêtue d'un unique slip de soie blanche, ce qui n'enlevait rien au spectacle, bien au contraire.

— Agathe Fournel ? jeta Brichot en essayant de s'arracher à la vision de ses seins aux longues pointes brunes.

Plus bas, les pas continuaient à se rapprocher.

— Qu'est-ce que tu lui veux, à la petite Agathe ? fit la fille d'une voix pâteuse. On avait rendez-vous ?

Brichot lâcha une exclamation sourde. Agathe Fournel était complètement défoncée, ça crevait les yeux. Droguée jusqu'à la racine des cheveux. Héro ? Cocaïne ? Pas le temps de se renseigner. Les autres continuaient à grimper les étages. Il n'avait plus le choix, il la poussa à l'intérieur de l'appartement et referma la porte.

— C'est pas la peine d'être si pressé, dit-elle de la même voix pâteuse, si tu veux me baiser je ne dis pas non. Je te trouve même mignon si tu veux savoir, avec ta petite moustache en brosse…

Il referma la porte à clé et mit les deux verrous, un en haut et un en bas.

— Écoutez, jeta-t-il, je ne suis pas là pour ça ! Il y a deux types qui arrivent…

Elle poussa une exclamation suraiguë et battit des mains comme une gamine à qui on offre des bonbons.

— Deux ? Mais avec toi, alors, ça fera trois ! Ça tombe bien, j'ai trois trous ! Qu'est-ce qu'on va se marrer !

Elle essayait de se coller contre lui, il l'écarta. Son appartement était dans un désordre incroyable, il y avait des tas de vêtements partout, des compact-disques, des cassettes vidéo, et même une collection de chapeaux exotiques qui jonchaient le sol.

— Arrêtez de faire l'idiote ! cria-t-il. Ces deux types sont là pour vous tuer !

Il y eut un coup violent frappé à la porte. Le battant craqua sous le choc mais tint bon.

— Il faut que vous vous habilliez, que vous mettiez quelque chose, fit Brichot en se ruant vers le tas de vêtements jeté à terre.

Elle comprit exactement l'inverse. Quand il se retourna, elle était en train de retirer sa culotte blanche. Il reçut comme un uppercut la vision de ses fesses rondes, puis de sa toison noire épaisse et mousseuse. Il se précipita sur elle et tenta de remonter son slip.

Par une saute d'humeur brutale, elle le repoussa.

— Arrête de me peloter, sale cochon !

Un nouveau coup sonna contre la porte. À ce régime-là, combien de temps elle allait tenir ? Brichot se dit qu'il lui fallait quelque chose, un truc qui pourrait lui servir d'arme le cas échéant. Abandonnant Agathe, il se mit à patrouiller à travers les pièces. Rien. Il déboucha enfin dans la cuisine. Et lâcha une exclamation. Il y avait, au fond de la cuisine, une porte de service ! Ils étaient sauvés !

Quand il la rejoignit, elle était en train d'essayer de déverrouiller la porte. Il se jeta sur elle, l'obligea à reculer. Elle se débattait. Et, brusquement, genou en avant, elle le frappa en plein ventre. Il se recroquevilla sur lui-même, souffle coupé. Elle s'était de nouveau précipitée vers la porte et tentait encore de l'ouvrir. De l'autre côté, les tueurs continuaient à frapper. Rassemblant ses forces, Brichot se redressa. Il n'y avait plus d'autre solution que de la mettre KO. Il avait toujours eu horreur de frapper des femmes, mais là on ne pouvait pas dire que ce n'était pas pour la bonne cause.

Elle était en train d'attaquer le deuxième verrou, celui du bas. Il se rapprocha d'elle et, du tranchant de la main droite, la frappa à la nuque. Le coup du lapin. Elle se recroquevilla tout doucement sur elle-même et tomba à terre. Elle en avait pour quelques minutes à être groggy. Il referma les deux verrous et la traîna vers le tas de vêtements. Il fouilla dedans et découvrit un imperméable. Tant bien que mal, il l'obligea à s'en vêtir. Puis il la souleva entre ses bras et la chargea sur son épaule droite. Du côté de la porte, on continuait à tambouriner.

L'entrée de service, au fond de la cuisine, n'avait pas dû servir depuis vingt ans, la serrure était rouillée. Il déposa la jeune femme à terre et se mit à chercher un objet assez lourd pour fracasser la porte. Dans un placard, près des toilettes, il finit par trouver un marteau. L'instant d'après, la serrure cédait. Il hissa de nouveau Agathe Fournel sur son épaule et se jeta dehors.

Curieusement, l'escalier dans lequel il s'engagea était métallique. Les marches résonnaient sous ses pas avec un affreux bruit de ferraille. Quand il fut parvenu au deuxième étage, il entendit, très haut, un formidable vacarme de porte massacrée : les tueurs avaient enfin réussi à pénétrer dans l'appartement de la jeune femme. Il souffla. Agathe Fournel n'était pas spécialement légère, et le coup de genou qu'elle lui avait donné dans le ventre continuait à lui faire un mal de chien. Il songea que les deux types allaient suivre le même chemin que lui. Ou plutôt que l'un des deux allait sans doute emprunter l'escalier de secours, tandis que l'autre prendrait l'escalier principal afin de lui couper toute retraite. Il était coincé.

En bas, la cour était étroite et obscure, entourée de colonnes en ciment et de boxes pour les voitures. Il déposa Agathe Fournel à terre et la cala contre un mur, près des boxes. Elle était toujours inerte. Il se planqua derrière une des colonnes et épia l'escalier de secours. L'un des types, effectivement, le descendait. Tout doucement. Très prudemment. Mais sans pouvoir s'empêcher de faire sonner les marches métalliques.

Bientôt, il apparut à hauteur du premier étage. De là où il était, Brichot apercevait sa silhouette mince presque efflanquée, ses cheveux noirs coupés court, et son fameux tee-shirt blanc avec la tête du Che sans compter un petit détail qui avait son importance : le flingue équipé d'un silencieux qu'il tenait au bout de la main droite.

Jugeant que la meilleure défense est toujours l'attaque, Brichot bondit en avant dès que son adversaire eut atteint le rez-de-chaussée.

Il bénéficiait de l'effet de surprise. L'autre couina de douleur sous l'assaut et lâcha son arme. Malheureusement, avant que Brichot ait pu récupérer celle-ci, il se jeta sur lui. Sa jambe droite, cisaillant l'espace, faucha la jambe gauche du policier de la Brigade Mondaine. Brichot s'étala par terre.

L'autre n'eut pas le temps de savourer sa victoire. Avec une incroyable rapidité, Brichot avait rebondi et repartait à l'assaut. D'un coup de poing à la mâchoire, il fit pivoter son adversaire sur lui-même. Puis il se jeta sur lui alors qu'il lui tournait le dos et l'attrapa par le cou. L'autre se débattait, essayant de l'attraper par les cheveux. Aimé lui donna une forte poussée en avant, l'obligeant à basculer sur les genoux. Brichot était maintenant à cheval sur lui. D'un genou, au creux des reins, il le contraignit à s'étaler à terre, à plat ventre. Puis il lui fit ce qu'il avait fait à Agathe Fournel tout à l'heure : un coup du lapin impeccable. Quand son adversaire fut évanoui, il le retourna sur lui-même pour l'examiner. Et, dans ce mouvement, il sentit deux masses chaudes qui roulaient sous ses mains à travers le tee-shirt.

Deux seins.

Une femme. Il venait de se battre avec une femme.

Il se serait bien attardé pour essayer de comprendre ce mystère, mais, en relevant les yeux, il s'aperçut que l'ancienne secrétaire de Théo Galvani avait disparu !

— Et merde... jeta-t-il entre ses dents.

Il ramassa le flingue de l'inconnue et se précipita à sa recherche. Cette idiote était partie se jeter dans la gueule du loup. Il se mit à courir dans un long couloir qui, sous l'un des immeubles, conduisait à la rue Desnouettes. Quand il déboucha dans la rue, l'autre rolleriste à tee-shirt de Guevara – pratiquement le sosie de la fille de tout à l'heure mais en homme – était en train d'essayer de maîtriser Agathe. Celle-ci se débattait en hurlant. Brichot se jeta dans la mêlée, essayant de les séparer. Il avait déjà fait des choses plus faciles. La fille, toujours dans les vapes de la drogue, donnait des coups dans tous les sens, aussi bien à Brichot qu'à l'inconnu. Finalement, il parvint à l'écarter une seconde. Juste le temps de balancer son coude en pleine figure du type. Il enchaîna d'un coup de poing au creux du ventre.

Le type chavira et tomba à genoux.

Brichot se redressa. Agathe Fournel avait de nouveau disparu ! Il zooma à droite et à gauche dans la rue Desnouettes. Juste à temps pour apercevoir une silhouette vêtue d'un imperméable, qui s'engouffrait dans une Range Rover couleur sable. Trop loin, malheureusement, pour en déchiffrer la plaque minéralogique. Il se mit à courir en hurlant « Police ! » et en agitant son arme, mais déjà la Range Rover démarrait. Elle vira à gauche dans la rue Feuquière et disparut du champ de vision de Brichot.

*

* *

Elle n'alla pas très loin. Elle dépassa la rue Lecourbe puis l'avenue Félix-Faure et stoppa rue des Cévennes, à l'angle de la rue Lacordaire.

Protégé des regards indiscrets par les vitres fumées de son véhicule, l'homme qui pilotait se pencha vers sa passagère.

— C'est bien que tu sois venue, Agathe, murmura-t-il d'une voix très douce. Normalement, c'est Fred et Slim qui auraient dû te régler ton compte, mais puisque ces deux imbéciles n'en ont pas été capables, je suis obligé de mettre la main à la pâte.

Agathe Fournel, toute nue sous son imperméable, hormis sa culotte blanche, grelottait. Les paroles de l'autre se frayaient lentement un chemin dans son cerveau embrumé par la drogue. Elle lâcha d'une voix faible :

— Pourquoi ?...

L'autre haussa les épaules.

— Parce que tu en sais trop. Évidemment.

Il s'exprimait avec un calme absolu qui pétrifiait la jeune femme. Il avait sorti de la boîte à gants un long poignard de commando dont la lame étincelait. De la pointe de l'arme, il ouvrit son imperméable et la regarda.

— Dommage, murmura-t-il.

Il ne parlait pas de sa nudité, de ses seins magnifiques, de son ventre plat. Il parlait de cette toison pubienne noire et luxuriante qui s'échappait de sa culotte blanche, sur les aines, et dont il réprouvait hautement l'exubérance. Ce qu'il trouvait vraiment dommage, c'était de ne pas avoir le temps de raser tout ça avant de la liquider. Il avait horreur de rater d'aussi belles occasions.

Il avança la main et, l'instant d'après, une douleur incroyable, fulgurante, envahit la jeune femme. Cette douleur, d'abord concentrée sous son sein gauche, se mit à irradier partout.

Elle hurla.

— Qu'est-ce tu m'as fait ?

Il croyait qu'elle mourrait tout de suite, mais c'était le contraire qui se passait, elle se cramponnait à lui. Elle avait une arme plantée en pleine poitrine, et elle ne voulait pas crever. Pire : elle se jetait sur lui maintenant, griffes en avant, avec une énergie que décuplait l'agonie. Il essaya de se dégager, mais c'était impossible. Pour tenter de lui échapper, il jaillit de la voiture. Elle l'imita et bondit dehors. Ils se retrouvèrent sur le trottoir. Elle hurlait toujours. Des gens s'attroupèrent. Bizarrement, elle ne saignait pas. Sous les pans de son imperméable, personne n'avait aperçu le poignard de commando qui la transperçait. On devait croire qu'il s'agissait d'une scène de ménage, d'un type qui tabassait sa femme. Aucun des badauds n'osait intervenir. La haute silhouette de l'homme, surtout, et son crâne totalement rasé, lisse, étincelant, impressionnait tout le monde. Il se baissa, et, d'un geste rapide qui échappa au public, récupéra son arme, qu'il escamota dans une manche de sa veste avec des virtuosités de prestidigitateur.

Finalement, Agathe se laissa aller en avant, chavirant face contre le trottoir. Ses pupilles se révulsèrent. Dans un dernier geste pour se cramponner à son meurtrier, elle attrapa sa veste, à hauteur de la poche, et tira. La poche se déchira. Quelque chose s'en échappa. Une boîte de cachous qui tinta contre le sol. La boîte ne devait pas être bien fermée. Les cachous s'éparpillèrent un peu partout autour du visage de la fille qui rendait le dernier soupir.

Calculant que l'hébétude du public ne durerait pas encore très longtemps, Marco Staner remonta précipitamment dans sa Range Rover avant de démarrer en trombe.

*
* *

Au même instant, dans la salle de séjour de son grand appartement de la rue d'Auteuil, Alexia Rouval montait la musique de sa platine. Une voix d'une pureté extraordinaire s'éleva dans la vaste pièce. *La Tosca*, de Puccini. Le salon était vaste, en rotonde, surplombant l'angle de la rue d'Auteuil et de la rue Michel-Ange. Il y avait des rideaux de velours or aux fenêtres et, sur un des murs, deux petits tableaux presque semblables représentant la Seine et le chevet de Notre-Dame-de-Paris. Un Marquet et un Matisse. Le Marquet, Alexia se l'était acheté elle-même. Le Matisse, c'était un cadeau d'Albert Galvani.

Ce dernier quitta le divan de velours noir où il s'était installé en arrivant et alla baisser le son.

Puis il revint s'asseoir.

— Non, murmura-t-il, tu ne peux pas t'en tirer comme ça.

Elle le regarda. Elle était superbe dans son pantalon noir et son chemisier noir très ouvert sur ses seins opulents. Superbe et inquiète. Il l'avait vue se raidir quand il l'avait questionnée la première fois. Elle avait essayé de noyer ses questions dans la musique, mais il revenait à la charge.

— Il faut que tu me répondes, reprit-il en détachant bien les mots. Qu'est-ce que tu es allée faire chez mon frère, le soir de sa mort ?

Elle hésitait. Sous le maquillage, ses joues étaient blêmes. Qu'est-ce qu'il savait ? Qu'est-ce qu'elle devait lui répondre ? Est-ce qu'il était au courant, pour Thibault Valéra ? Pressentant une catastrophe, elle fit un gros effort sur elle-même pour sourire. Un sourire parfaitement étudié, mélancolique, tendre, confus.

— Ce sont de vieilles histoires, dit-elle, rien d'important, je t'assure.

Il insista.

— J'ai besoin de savoir.

Elle essayait de gagner du temps.

— On ne peut pas en parler une autre fois ? Ce soir, par exemple ?...

— Ce soir, je dîne avec Hauterives, tu sais bien. Maintenant, Alexia. Il faut que tu me dises tout maintenant.

Elle avait glissé à terre et elle s'était agenouillée devant lui. Dans le décolleté, sur sa poitrine, une très fine veine bleue battait précipitamment entre ses seins.

— J'espérais que personne ne saurait, chuchota-t-elle encore, surtout toi… Ton frère mort, je pensais que tous ces vieux souvenirs disparaîtraient avec lui dans la tombe…

Ses mains couraient légèrement sur l'étoffe du pantalon de Galvani, suivant la ligne de son sexe qui, sous cette caresse, gonflait involontairement.

— Arrête, dit-il.

— Non, tu as besoin de te détendre, fit-elle en le regardant par en-dessous.

Elle ouvrait son pantalon. En même temps, elle carburait. Il fallait qu'elle trouve quelque chose. De toute urgence. Une histoire crédible, un mensonge quelconque. Elle l'avait libéré et elle faisait grimper et descendre ses longs doigts fins tout autour de son membre. Deux boutons de son chemisier noir avaient sauté, et ses seins majestueux dressaient leurs pointes couleur groseille. C'était un spectacle émouvant, mais Galvani ne perdait quand même pas le fil de son interrogatoire.

Il la scruta froidement.

— Théo te faisait chanter ?

Il y eut un long, un très long silence pendant lequel elle continua à le caresser. Finalement, elle laissa tomber d'une voix étranglée :

— Oui.

Puis elle se pencha et entreprit de l'avaler, mais il la retint, main sous son menton.

— Non. Je veux tout savoir. Pourquoi te faisait-il chanter ?

Elle comprenait qu'en effet une fellation ne résoudrait rien. Il reviendrait à la charge et ne cesserait de la harceler de questions jusqu'à ce qu'elle parle. Elle ferma les yeux et, rapprochant de sa poitrine l'engin viril de son amant, l'emprisonna entre les globes de ses seins. Puis elle commença à improviser, les yeux toujours fermés.

— Écoute, c'est une histoire idiote... J'aurais certainement dû te le dire plus tôt, mais tu es si jaloux, quelquefois... J'ai eu peur, quoi... Oui, peur que tu me quittes si tu savais la vérité...

— Quelle vérité ?

Il avait durci le ton. Elle rouvrit les yeux. Inquiète. Il fallait qu'elle se jette à l'eau.

— Ça remonte à l'époque où je faisais mes études, hasarda-t-elle. Je n'avais pas d'argent. Un jour, je suis tombée sur une petite annonce dans un journal, on demandait des filles pour faire de la figuration dans un film. Je me suis présentée. J'étais naïve, je croyais qu'il s'agissait d'un tournage normal. J'ai signé mon contrat, et, après, je n'ai pas pu reculer, c'était trop tard.

— Et c'était quoi ? interrogea Galvani.

Elle baissa les yeux.

— Du hard. Ça s'appelait *Femmes défoncées*.

— Tu en as fait d'autres ?

— Quelques-uns. Quatre ou cinq. Après, ça m'a dégoûtée, j'ai laissé tomber.

Elle l'enserrait toujours entre ses seins volumineux.

— Tu comprends, je croyais que tout ça était oublié, perdu dans la nuit des temps, enterré. Alors quand ton frère m'a contactée et m'a dit qu'il était en possession des cassettes de mes films, je suis tombée des nues. Je ne sais pas comment il a découvert tout ça...

Elle secoua sa magnifique crinière rousse.

— Surtout qu'à l'époque j'étais brune. Par-dessus le marché, tu penses bien que j'avais pris un pseudo pour tourner...

— Quel pseudo ?

Elle hésita un instant. Rien ne lui venait à l'esprit. Puis elle jeta au hasard :

— Sherry Love.

Elle enchaîna.

— Enfin voilà, tu sais tout. J'ai eu peur. Peur de ton frère et de ses menaces. Peur pour ma carrière. Peur de ta réaction.

— Tu aurais dû me parler, grinça Galvani. J'aurais réglé ça vite fait avec Théo.

— Je n'ai pas osé, je craignais de te perdre.

Galvani carburait.

— N'empêche qu'on t'a vue, dans l'immeuble de Théo, le soir où il s'est tué. Tu es peut-être même la dernière personne à s'être rendue chez lui avant qu'il ne meure. Les flics sont au courant. Tu te rends compte de ce que ça signifie ?

— Mais puisque tu dis qu'il s'est suicidé ?

Galvani se tut. Il aurait bien voulu, en effet, que Théo se soit suicidé. Pour l'instant, c'était la thèse officielle de la police, du moins des inspecteurs de la Criminelle. L'ennui, c'était qu'il y avait aussi les policiers de la Brigade Mondaine, et eux ils ne se satisfaisaient pas de cette version des choses.

Il se secoua.

— On rediscutera de tout ça un autre jour, dit-il. Pour le moment, il faut que je file.

Elle papillota des paupières.

— Tu ne m'en veux pas de t'avoir caché la vérité ? Tu me pardonnes ?

Il plongea les mains dans des cheveux roux.

— Bien sûr, murmura-t-il.

Elle s'était encore penchée en avant. Il se vit disparaître entre ses lèvres avec une rapidité déconcertante. Quand elle l'eut au fond de la gorge, elle se mit à le pomper avec fureur.

Il avait toujours les mains plongées dans sa chevelure. Alexia le suçait comme une reine, mais ça ne l'empêchait pas de carburer.

Et il ne croyait pas un mot de ce qu'elle venait de lui raconter.

« Qu'est-ce que tu essaies de me cacher, Alexia ? » songea-t-il tandis qu'il se vidait à longs jets au fond de sa bouche.

CHAPITRE XIV

Boris Corentin et Aimé Brichot, assis face à face, séparés par ce qui avait été la table de travail de Théo Galvani, dans son agence de la place du Général-Catroux, se taisaient depuis déjà un bon bout de temps.

— Tu parles d'une histoire, grogna finalement Brichot pour la centième fois. On me tue une fille quasiment sous le nez, et toi…

— Et moi aussi, compléta Boris, on me tue un type sous le nez ou presque.

Pourquoi ? Et surtout qui avait tué ? À chaque fois, en tout cas, aussi bien quand Braudeau avait été descendu que lorsque Agathe Fournel avait été poignardée, un couple de *rollermen* se trouvait dans le coin. Les mêmes, de toute évidence. Quoiqu'il en soit, ceux à qui Brichot avait eu à faire, rue Desnouettes, ne l'avaient pas attendu pour disparaître. Ils avaient profité de sa course-poursuite désespérée, quand il tentait de rattraper la Range Rover, pour battre en retraite et s'évanouir dans la nature.

Corentin eut un sourire lugubre.

— Tu vois, Mémé, il n'y a pas de jaloux, on est à égalité.

— À égalité au grand concours des zéros pointés, oui, grinça Brichot. On est des vrais champions, il faut dire ce qui est.

Tout ce qui restait de l'aventure, c'était le flingue que Brichot avait piqué à la tueuse au tee-shirt blanc, un vieux Luger à silencieux qui devait remonter à la dernière guerre. Bien évidemment, il allait être analysé et on allait essayer de le faire parler, mais il ne fallait pas trop rêver.

Il y avait aussi cette boîte de cachous qu'on avait retrouvée auprès de la fille massacrée, rue Lacordaire. Et la description que les témoins du drame avaient donné du type à la Range Rover : grand, élégant, vêtu d'un costume clair et le crâne intégralement rasé.

Les cachous et le crâne rasé, il n'y avait pas de doute, ça voulait dire Marco Staner, l'homme dont Galvani avait parlé à Boris quelques heures plus tôt. Mais ce dernier attendait d'en savoir un peu plus sur son compte pour aller lui poser quelques questions indiscrètes.

Il y avait aussi la Range Rover. Brichot, malheureusement, n'avait pas pu relever le numéro de sa plaque d'immatriculation. N'empêche qu'il y avait une autre Range Rover dans toute cette histoire : celle dans laquelle, d'après Fabrice Denizot, Esméralda et ses copains étaient descendus dans le Périgord. Pilotée par un type chauve, avait précisé Fabrice Denizot…

— À mon avis, murmura Boris, le type chauve n'était pas chauve, il avait le crâne rasé.

— Qu'est-ce que tu racontes ? interrogea Brichot.

— Tu te souviens de ce que nous a raconté Fabrice Denizot, non ? Sur ce chauve, ce « vieux » dans les bras duquel Esméralda est tombée ?

— Bien sûr. Et alors ?

— Et alors, je suis prêt à parier que Fabrice s'est trompé, il ne s'agit pas de calvitie. Ce type se rase le crâne, voilà tout.

Le visage de Brichot s'éclaira.

— Et il aurait aussi rasé le… la…

— Le sexe d'Esméralda ? Oui, c'est une hypothèse mais je trouve qu'elle tient debout.

— Mais… Pourquoi aurait-il fait ça ?

— Je ne sais pas. Chacun ses manies, après tout, chacun ses fantasmes. Il ne supporte peut-être pas de faire l'amour à une femme tant qu'elle est pourvue de sa pilosité naturelle…

Brichot renifla.

— Possible. Ça signifierait que Marco Staner a été son dernier amant… et peut-être son assassin…

— On sait déjà qu'il était l'ami de Théo Galvani, compléta Boris. On peut supposer que c'est lui aussi qui a tué Agathe Fournel.

— Et lui enfin qui a fait tuer Braudeau.

— Sans oublier le « suicide » de Galvani lui-même.

— Quatre morts. Quatre cadavres. Ça fait beaucoup pour un seul homme, non ? murmura Brichot.

Boris réfléchit.

— Tout dépend de quel homme il s'agit, Mémé. Il y en a, tu le sais aussi bien que moi, à qui quatre macchabées ne font pas vraiment peur.

— Alors qu'est-ce qu'on fait ? On fonce, on va chez lui et on l'embarque ?

Boris agita la main droite.

— Pas si vite. Il faut d'abord savoir à qui on a à faire.

Il attrapa un téléphone et commença à composer un numéro. Il s'interrompit.

— Au fait, dit-il, je ne t'ai pas raconté.

Il montra le plafond, au-dessus d'eux.

— Souris, Mémé, tu es filmé.

— Quoi ?

— Il y a une minicaméra planquée là-haut. Très bien planquée, je dois dire, j'ai failli ne même pas la repérer.

— Quelqu'un nous espionne ?

— Ça en a tout l'air. Mais plus maintenant. J'ai suivi les branchements et je les ai coupés. Plus de son, plus d'images.

— Et ils mènent à quoi, ces branchements ?

— Je te raconterai. Je ne suis pas encore tout à fait sûr, mais j'ai ma petite idée.

*

* *

Au même instant, sur le même étage, dans le même immeuble de la place du Général-Catroux, et à quelques mètres de l'endroit où Théo Galvani avait eu son agence de détective privé, celle à qui Boris pensait gagnait son pain à la sueur de son front. Au propre comme au figuré.

Grande, massive, carrure de déménageur ou de camionneur, cheveux blonds coupés en brosse, des épaules d'armoire à glace et des mains de catcheuse, Fiona Géricault punissait un de ses patients en l'obligeant à lécher le sol sur lequel il s'était oublié et avait fait pipi. Le patient avait dépassé la soixantaine, il était chauve, il portait de grosses lunettes et il était directeur d'un cabinet de recrutement ultra-connu. Mais la vie est bizarre, les plus merveilleux moments de sa vie, les plus mémorables, c'est ici qu'il les passait, dans le donjon de sa « maîtresse », à se faire fouetter quand il s'oubliait (volontairement) et à lécher ses propres déjections sur le parquet.

C'étaient aussi les seuls moments où il retrouvait un semblant d'érection.

Comme à cet instant où, à quatre pattes, fesses zébrées de coups de cravache, tête à ras du sol, son sexe dardait timidement sous un ventre plutôt impressionnant et couvert de poils gris. Treize, quatorze, quinze centimètres. Avec un peu de chance, aujourd'hui, son membre atteindrait seize centimètres. C'était son grand maximum.

Le téléphone sonna.

— Continue, commanda Fiona Géricault. Sinon ça va aller très mal.

Elle était gainée de vinyle et cagoulée. Avec une coiffure curieuse, une sorte de corne en cuir noir qui, partant du front, allait se recroqueviller par derrière, sur la nuque, et lui donnait l'air d'une mutante de science-fiction.

À hauteur du sexe, sa combinaison noire était ouverte en triangle. Sur un mont de Vénus d'autant plus remarquable qu'il était dépouillé de toute toison. Et couronné d'un clitoris aux dimensions exceptionnelles qui saillait naturellement, sans même qu'on ait besoin de le titiller.

Fiona était une vedette dans son genre, l'une des dominatrices les plus célèbres sur la place de Paris, une véritable diva dans le petit monde sado-maso, et qui se faisait payer très cher.

Tout en marchant vers l'endroit où se trouvait le téléphone, elle traversa un vaste couloir obscur. Tous les bruits y étaient étouffés. On avait l'impression de progresser dans un sépulcre. À droite et à gauche, rien que des cages. Certaines étaient occupées. Dans l'une d'entre elles, il y avait un type crucifié. Dans une autre, un homme suspendu au plafond, enfermé dans une sorte de bulle minuscule et grillagée où il ne pouvait se tenir que recroquevillé. Le premier était un responsable politique suffisamment important pour avoir déjà été mis en examen trois fois. Le second avait inventé des jeux de construction révolutionnaires que les enfants s'arrachaient. Ils étaient là depuis le matin. Pour une séance de douze heures qui allait leur coûter à chacun dix mille francs.

Fiona Géricault décrocha enfin le téléphone. La conversation fut brève.

— Non, dit-elle, j'ai fait de nouveaux essais mais ça ne marche toujours pas.

Et elle ajouta les mêmes mots que Boris quelques minutes plus tôt :

— Plus de son, plus d'image.

Elle écouta ce que lui disait son correspondant. Puis :

— Effectivement, l'agence est occupée depuis ce matin par de nouveaux détectives. Enfin il paraît qu'ils sont intéressés par la reprise de l'affaire.

Elle laissa glisser la main entre ses jambes, là où sa toison pubienne brillait par son absence. Son index serpenta entre ses lèvres glabres et les ouvrit. Quand elle parlait au téléphone avec Marco, elle se caressait toujours. Parce que justement il avait laissé au bas de son ventre sa « signature », la marque de sa possession. En la rasant intégralement le jour où il l'avait rencontrée. Pour résumer la situation, Marco était son maître. Le maître de la maîtresse la plus célèbre et la plus chère de Paris.

— Mais si tu veux mon avis, termina-t-elle, ils ne ressemblent pas à des détectives. Ils ont plutôt l'air d'un sacré piège à cons.

Puis elle raccrocha et retourna à ses moutons, c'est-à-dire à son directeur de cabinet de recrutement qui devait être toujours en train de lécher le plancher.

Quelques minutes plus tard, dans le hall obscur de son immeuble, rue Richer, entre la rue Bleue et la rue La Fayette, Marco Staner sursautait imperceptiblement. Une silhouette trapue, massive, venait de se détacher de l'ombre, près de la cage d'escalier, et se rapprochait de lui.

— N'aie pas peur, Marco, fit une voix qu'il reconnut instantanément.

L'homme au crâne rasé s'était déjà repris.

— Je n'ai pas peur le moins du monde. Qu'est-ce que tu veux ?

— Te parler, Marco, tout simplement te parler. Tu veux bien qu'on monte chez toi ?

L'autre eut un instant d'hésitation.

— Pourquoi pas ? fit-il enfin.

Et il avala une poignée de cachous.

Marco Staner effleura d'une main négligente son crâne poli comme un galet.

— Il y a si longtemps que nous ne nous sommes pas vus, dit-il. Tu veux boire quelque chose ?

— Non, fit nettement Galvani.

— Dommage. Moi j'ai soif. Tu permets ?

Le P-DG de Futurible SA était resté debout. Il examina les lieux. L'appartement de Staner n'était pas très grand, mais d'une propreté méticuleuse, et meublé avec raffinement. On entrait dans un hall aux murs laqués blanc, puis on débouchait sur une salle de séjour également blanche et moquettée de blanc. Là-dessus se détachaient quelques meubles anciens, dont une grosse commode en marqueterie de toute beauté.

Marco revint avec un verre de whisky où dansaient des glaçons.

— J'ai appris pour ton frère, dit-il. Je suis désolé.

Galvani remua des mâchoires.

— Passe la main, tu veux ? Mon frère et moi, nous ne nous entendions pas depuis des éternités. Mais toi et lui, j'ai appris que vous étiez copains comme cochons.

— Je ne dirais pas « comme cochons », mais c'est vrai, oui, nous nous entendions assez bien. Théo avait besoin d'argent, moi aussi, nous avons décidé d'unir nos talents.

— En faisant chanter des gens.

Marco avala une gorgée de whisky.

— Qu'est-ce que tu veux, après l'échec de notre collaboration, à toi et à moi, il fallait bien que je trouve un moyen d'existence.

Galvani agita sa grosse tête volontaire.

— On n'a jamais collaboré, toi et moi, dit-il. Tu avais une idée que je trouvais intéressante, mais, à l'étude, il s'est révélé qu'elle ne valait pas un clou, c'est tout.

Marco s'envoya une nouvelle poignée de cachous.

— Elle a été exploitée ailleurs.

— Pas par moi. Et dans des pays dont la législation est différente de la nôtre.

— De toute façon, c'est de l'histoire ancienne, fit Staner. Si nous parlions plutôt de ton amie Alexia Rouval ? Je me suis laissé dire qu'elle était la dernière personne à avoir vu ton frère.

Galvani planta ses yeux dans les siens.

— Je me suis laissé dire que tu l'as vu aussi, Théo, le soir de sa mort.

— Oui, mais avant elle. Et j'ai pris bien soin de me faire remarquer par la gardienne de l'immeuble, elle pourra témoigner qu'Alexia Rouval est arrivée après. Nous nous sommes d'ailleurs croisés à la sortie de l'ascenseur, je pourrai moi aussi témoigner de sa présence.

Galvani fit quelques pas sur la moquette blanche. Luttant contre l'envie de massacrer son interlocuteur à coups de poing.

— C'est toi qui as étranglé Théo, laissa-t-il enfin tomber. D'une façon ou d'une autre, tu as réussi à revenir après le départ d'Alexia et tu l'as tué. En maquillant sa mort en suicide. Tu as liquidé aussi cette jeune fille, Esméralda. Tu as également tué un type que Théo et toi faisaient chanter, un nommé Boudeau…

Stapner mastiquait toujours ses cachous.

— Braudeau. Marcellin Braudeau, rectifia-t-il. Oui, le crime entraîne le crime, c'est regrettable mais c'est ainsi…

— Pourquoi avoir tué mon frère ?

Marco agita sa boîte de cachous.

— Il essayait de m'escroquer, de garder tout le fric pour lui. Alors que les trois quarts des affaires, c'est moi qui les lui apportais. Quand on est trop gourmand, on meurt d'indigestion.

— Et pour Esméralda ?

Staner haussa les épaules.

— J'ignore ce qu'elle savait, je soupçonnais Théo de l'avoir mise au courant de certaines de nos activités. Bien sûr, elle ne me connaissait pas, il ne lui avait même certainement pas révélé mon nom, mais j'ai préféré faire place nette, par prudence. En joignant d'ailleurs l'utile à l'agréable. C'était une très jolie fille, tu sais... Vraiment très sympathique, et d'une fréquentation très intéressante...

Galvani luttait toujours contre l'envie de cogner ce salaud qui le narguait.

— Et pourquoi avoir camouflé le meurtre de Théo en suicide ?

Marco faisait tinter sa boîte de cachous au fond de sa veste.

— Mais pour te rendre service, bien entendu, siffla-t-il.

La tête de sanglier de Galvani se tendit vers lui.

— Hein ?

— Pour que le scandale ne rejaillisse pas sur toi. Je suis au courant de tes projets politiques, ce serait dommage qu'ils soient compromis par un déballage de linge sale, non ? Un suicide, c'est propre, c'est net, on ne va pas chercher plus loin. Tandis qu'un meurtre ça fait désordre, la police fouille partout et les médias s'en mêlent. Dans ta situation, ça ferait très mauvais effet.

Ses yeux d'or, sous les paupières, se rétrécirent.

— Mais rassure-toi, j'ai gardé des preuves qu'il s'agit bien d'un meurtre, notamment un film, une cassette enregistrée. On ne m'y voit pas, évidemment, juste deux mains en train d'étrangler ton frère, alors qu'il est à quatre pattes sur la moquette de son bureau. Quant à moi, inutile de te dire que j'ai, pour la soirée du drame, tous les alibis nécessaires.

Il fit de nouveau tinter sa boîte de cachous.

— Je n'en dirais pas autant d'Alexia, ajouta-t-il.

— Elle était avec moi ce soir-là, intervint Galvani.

Marco Staner eut un mince sourire.

— Je ne crois pas que le témoignage d'un amant désireux de protéger la femme qu'il aime aurait beaucoup de valeur devant un tribunal.

Il but une nouvelle gorgée de whisky.

— De toute façon, Alexia ne passera devant aucun tribunal. Dès que tu réaliseras le service que je te rends, tu me remercieras. Sans doute va-t-il te falloir encore quelques jours de réflexion…

Il jouait avec sa boîte de cachous.

— Ensuite, quand tu auras bien réfléchi, tu me verseras ce que tu me dois.

— Combien ?

— Deux millions. Je sais que tu n'auras aucun mal à les réunir.

Deux millions. Fugitivement, Galvani songea à Montanier, le vieux flic ripou de la Criminelle. Montanier qui avait tout découvert dès le début à cause d'une tache de sang, précisément, sur la moquette du bureau de son frère. Et qui ne demandait, lui, qu'un million pour prix de son silence.

— Et si je refuse ? dit-il.

Marco Staner baissa les yeux.

— Si tu refuses, la police va s'intéresser de très près à ta maîtresse. Elle est célèbre, tu es en passe de le devenir, je ne te raconte pas le bordel que tout ça va provoquer. Réfléchis bien.

Galvani souffla comme un phoque.

— C'est tout réfléchi. Je refuse.

L'instant d'après, il avait quitté l'appartement de Staner.

Celui-ci resta quelques minutes immobile, puis il se dirigea vers son téléphone. Blanc comme le reste du décor. Le refus de Galvani ne l'étonnait pas. Il l'arrangeait même plutôt. C'était au contraire l'occasion de pousser la plaisanterie plus loin, de plonger encore davantage dans la merde le P-DG de Futurible SA. Et d'entreprendre vraiment sa destruction. En somme, l'un après l'autre, les deux frères Galvani l'avaient roulé. Le premier en lui volant son idée de restaurants animaliers et en l'exploitant à l'étranger, le second en tentant de le doubler dans les chantages qu'ils organisaient ensemble et en empochant l'argent qu'il lui devait. Alors que c'était lui qui lui apportait toutes les informations, qui enquêtait sur leurs futures victimes, les espionnait, découvrait leurs points faibles. Théo l'avait payé de sa vie. Maintenant, ça allait être au tour d'Albert. Mais pas tout à fait de la même façon. Il ne voulait pas qu'Albert meure. Au contraire, il fallait qu'il vive. Longtemps, très longtemps. Mais dans de telles conditions que la mort lui paraîtrait préférable.

Il composa le numéro d'Aurélie, la veuve de Théo Galvani. Il allait bien s'amuser avec celle-là, songea-t-il, maintenant qu'il avait apposé sur elle sa « signature », sa marque…

— À toi de jouer, dit-il dès qu'elle décrocha.

Il y eut une petite exclamation excitée au bout du fil.

— Et pas de conneries, siffla Marco Staner. Je t'autorise deux verres de vodka avant d'entrer en scène, pas trois, c'est compris ?

Elle promit puis elle lui demanda d'une voix suppliante quand elle le reverrait, clamant que depuis qu'il l'avait marquée en la rasant puis possédée, c'était comme s'il l'avait tatouée, elle était à lui, elle ne serait plus jamais à aucun autre homme. Elle lâcha quelques bordées d'obscénités tendres qu'il essuya stoïquement, puis il raccrocha.

Il appela encore un autre numéro. Celui du téléphone portable de Fred et Slim, avec lesquels il eut une brève conversation.

Dix minutes après, il quittait son appartement.

Trois minutes encore plus tard, le téléphone sonnait chez lui, mais dans le vide.

*

* *

Place du Général-Catroux, au cinquième étage de l'immeuble où Théo Galvani avait eu ses bureaux de détective privé, Boris Corentin raccrocha. Remettant à demain la visite qu'il s'était décidé à faire à Marco Staner.

*

* *

Au même instant, ce dernier marchait tranquillement sur le trottoir de gauche de la rue La Fayette. Le soir tombait. Une drôle de poussière bleue flottait sur un Paris presque estival.

La nuit, pour Marco Staner, promettait d'être divertissante.

*

* *

À Issy-les-Moulineaux, Manon Brioussot, l'assistante d'Albert Galvani, faisait des heures supplémentaires, assise comme à son habitude face à un écran d'ordinateur.

Galvani fit irruption dans son bureau et lui tendit trois feuillets manuscrits.

— Je suis bien content que vous soyez là, souffla-t-il. J'ai cherché Thibault, mais il est déjà parti.

Les extraordinaires yeux mauves de Manon se voilèrent.

— Je crois qu'il avait un rendez-vous, dit-elle.

Galvani souffla encore.

— Avec une fille ? Tant mieux pour lui. C'est de son âge.

Il montra les trois pages.

— Vous voulez bien me taper ça ? demanda-t-il.

Il disait toujours « taper », et non « saisir » comme si on était encore à l'époque héroïque des machines à écrire. Manon sourit en attrapant les feuillets.

— Vous voulez une « sortie papier » ? demanda-t-elle.

— Non. Quand vous aurez fini, copiez tout ça sur une disquette que vous emporterez chez vous.

— Très bien.

— C'est confidentiel, hein ? Ultra-confidentiel, même. À ne rendre public que sur ma demande. Ou s'il m'arrivait quelque chose. Enfin, je vous expliquerai plus tard.

Il avait pivoté sur lui-même. Il se ravisa. Un instant, il resta immobile, considérant Manon, l'enveloppant d'un regard brusquement attendri.

— C'est drôle, murmura-t-il.

Elle releva de nouveau ses grands yeux mauves.

— Pardon ?

Il secoua la tête.

— Rien. Je songeais au temps qui passe.

Tout à coup, il revint au tutoiement des débuts de leur collaboration. Qui était aussi l'époque de leur liaison.

— Tu te souviens quand tu tapais sur une machine électrique, une…

— Une IBM, monsieur.

Il agita la main.

— Ça va, je t'en prie, ne m'appelle pas « Monsieur ».

Il baissa le regard, et, comme pour lui-même, elle l'entendit grogner :

— Je me demande si je ne fais pas fausse route depuis le début.

L'instant d'après, il avait fait volte-face et avait disparu. Manon se plongea dans la lecture des trois feuillets qu'elle devait saisir. Au bout de quelques lignes, elle poussa une exclamation.

Le texte de Galvani commençait ainsi :

« *Je suis aux prises avec un tueur qui a déjà liquidé plusieurs personnes, notamment mon frère. Je serai peut-être sa prochaine victime…* »

Elle blêmit. L'homme qu'elle aimait depuis toujours, l'homme qu'elle aimait sans espoir, était en danger.

CHAPITRE XV

Malgré la chaleur qui régnait dans le restaurant, Hauterives n'avait pas quitté son écharpe rouge. Il la portait hiver comme été, c'était devenu pour ainsi dire sa marque de fabrique, son signe de reconnaissance. Il prétendait qu'il avait toujours froid et que c'était à cause de son enfance malheureuse dans le nord de la France, près de Tourcoing. Galvani n'en croyait pas un mot. Il avait même fait faire une enquête discrète sur les origines de Hauterives. Celui-ci était né en Touraine, d'une famille de vignerons plutôt à l'aise, et il n'avait apparemment jamais manqué de rien. Mais bien sûr la région minière, Tourcoing, les terrils, ça faisait beaucoup mieux auprès de l'électeur populaire…

Albert Galvani se pencha sur la table, au-dessus de ses crevettes roses à l'huile de noix et aux truffes, une véritable merveille entre parenthèses.

— Tu as vu les derniers sondages ? interrogea-t-il.

Hauterives le regarda comme s'il avait dit une obscénité. Son long visage jaune se tordit en biais sous la pression d'une espèce de sourire. Le miroitement de ses verres de lunettes cachait, Dieu merci, la lueur de mépris de son regard.

— Les sondages ! cracha-t-il. Tu crois encore aux sondages ? Belle fraîcheur d'esprit. Bravo.

Comme tous les hommes politiques, de quel que bord qu'ils soient, ils se tutoyaient. Comme tous les hommes politiques aussi, ils se haïssaient. Et avec d'autant plus d'ardeur, dans leur cas précis, qu'ils appartenaient au même parti.

— Les sondages ne signifient plus rien, laissa tomber Hauterives, péremptoire. Quand tu auras autant d'expérience que moi, tu sauras que les gens, à présent, mentent systématiquement aux enquêteurs, c'est même devenu une sorte de jeu chez les électeurs...

Mais Galvani ne l'écoutait plus. Hauterives dissertait à perte de vue, exposant des convictions arrêtées sur tous les sujets qui avaient le talent d'exaspérer le P-DG de Futurible SA. Celui-ci laissa errer son regard sur la salle. Comme presque chaque soir, le restaurant *Les Bucoliques*, avenue Rapp, dans le VIIe arrondissement, était plein à craquer. Aux tables voisines, il n'y avait que des députés, des sénateurs et des ministres. Quelques patrons de chaînes de télé aussi. Des journalistes de la presse écrite. Et pas mal de créatures de rêve, blondes ou brunes, qui devaient être des escort-girls probablement louées pour la soirée afin d'égayer de tristes dîners entre politiciens. *Les Bucoliques*, depuis quelques années, était le rendez-vous à la mode de la classe politique et les voitures à cocarde, chaque soir, embouteillaient l'avenue.

Hauterives chipotait dans son assiette, martyrisant des restes de merlan fumé au hachis d'herbe. Galvani le regarda et se demanda comment il faisait pour être aussi haïssable. Il prit son verre. Il était rempli d'eau gazeuze. Hauterives, dès son arrivée, avait imposé la Badoit. Hauterives ne buvait pas. Hauterives ne fumait pas. Hauterives n'avait pas de vices. Est-ce que Hauterives était seulement *vivant ?* Galvani en doutait.

— Il semble que tu aies un sacré problème, en ce moment, avec la mort de ton frère ? lâcha brusquement Hauterives, venimeux.

On y venait. Enfin. Galvani se sentait presque soulagé. Il tenta néanmoins de balayer le problème en quelques mots. Sans illusions.

— L'affaire va être classée, dit-il. Mon pauvre frère était dépressif, il a choisi d'en finir avec la vie, c'est tout.

Hauterives releva les yeux. Derrière les lunettes, son regard scintilla. Chargé de haine.

— J'ai entendu parler de chantage, d'histoires sordides…

— Des ragots, coupa Galvani. Les gens racontent n'importe quoi.

— Tu es sûr que tu ne risques rien ? insista Hauterives en détachant bien les syllabes.

On avait retiré les assiettes de l'entrée. On apportait le second plat, des soles braisées nappées d'une sauce à base de fumet de poisson. Galvani résistait comme un perdu à l'envie de commander du vin. Il rassembla ses forces.

— Je t'assure, dit-il, qu'il n'y a pas de problème. Mon frère est mort, et…

À ce moment précis, il y eut un bruit de verre brisé du côté de l'entrée du restaurant. Galvani tourna la tête. Et aussitôt son visage se décomposa.

De très loin, renversant le plateau d'un serveur, fendant la foule, bousculant des tables et toutes voiles dehors, il vit approcher la veuve de celui dont il était en train de parler.

Aurélie Galvani. Sa belle-sœur.

Transformée en catastrophe ambulante.

Qu'est-ce qu'elle venait faire ici ? Comment savait-elle qu'il se trouvait dans ce restaurant ? Il n'eut pas le temps de se poser ces questions. Elle se ruait sur lui. D'un regard, il embrassa sa silhouette. Ses cheveux trop blonds en bataille. Son visage trop maquillé. Sa longue robe noire moulante dont le décolleté avait bien du mal à contenir ses gros seins.

Il se leva avec la sensation d'essayer ridiculement d'amadouer un ouragan.

— Aurélie, jeta-t-il d'une voix douce, comment se fait-il que tu sois ici ? Tu es seule ? Tu veux dîner avec nous ?

Un maître d'hôtel de caricature, avec un long visage émacié d'ecclésiastique, rappliquait derrière la veuve. Flairant l'esclandre et décidé à l'éviter.

— Cocu ! Cocu ! Pauvre connard de cocu ! jeta Aurélie de toute la force de ses poumons à la figure de Galvani.

Dans le restaurant, tous les consommateurs s'étaient arrêtés de dîner ou de parler pour mieux jouir de l'incident. Aurélie continuait de hurler. Elle faisait exactement comme Marco lui avait dit. Sauf qu'elle avait un peu plus forcé sur la vodka qu'il ne l'y avait autorisée, mais ça il n'était pas supposé le savoir. À part ce petit détail, elle se déchaînait contre son beau-frère avec une frénésie parfaite, le traitant de tous les noms. Le maître d'hôtel les avait rejoints. Il essayait de la maîtriser mais elle se débattait comme un chat sauvage. Des serveurs accouraient. Toujours vociférante, la veuve accusait maintenant Galvani d'avoir tué son frère, d'être cause de sa mort. Resté assis, drapé dans son écharpe rouge, Hauterives buvait du petit lait. Coudes sur la table, mains nouées sous le menton, il ne perdait rien de la scène. Dans la salle, il y avait pas mal de journalistes de la presse écrite. Dès demain, tout le monde saurait ce qui s'était passé ce soir aux *Bucoliques*. Pour Galvani, c'était un désastre. Peut-être pas, vraiment, la fin de sa carrière politique ni de son avenir au PRD, mais au moins le début de la fin.

Le patron de Futurible SA, quant à lui, restait immobile sous les rafales d'injures, bras ballants, ne sachant comment réagir. Jusqu'au moment où, toujours hurlante, elle lui balança le coup de grâce : l'adresse exacte où sa « salope d'Alexia », comme elle disait, était en train, à l'instant même, de se faire sauter : chez Thibault Valéra, son meilleur, son plus fidèle collaborateur ; et l'amant de sa maîtresse depuis maintenant des mois !

Elle répéta l'information plusieurs fois, d'une voix qui allait crescendo. Puis, se dégageant de l'étreinte du maître d'hôtel qui tentait toujours désespérément de la ceinturer, elle fit demi-tour et gagna la sortie.

Laissant Galvani littéralement statufié. Tétanisé.

Quelques secondes, il ne bougea pas. Puis il retomba sur sa chaise. Inerte.

— Eh bien, mon vieux, on dirait que ça ne va pas ? siffla Hauterives qui avait du mal à cacher sa jubilation. Vous devriez boire un peu d'eau.

Galvani releva les yeux. Il regardait Hauterives sans le voir tout en le voyant. Son visage était méconnaissable. Creusé, blêmi, vieilli de dix ans. Avec des bouffissures violettes sous les yeux.

Finalement, il se releva, lâcha quelques mots incompréhensibles à l'adresse d'Hauterives, puis, d'un pas incertain, gagna à son tour la sortie du restaurant.

*

* *

C'était chouette le boulot de tueur à la solde de Marco Staner. Surtout quand il faisait doux comme cette nuit et qu'on pouvait, quand on était en planque, continuer à s'adonner à sa passion, c'est-à-dire les acrobaties sur rollers. C'est ce que faisaient Fred et Slim, en patinant sur leurs machins à roulettes tout le long des trottoirs de l'avenue Rapp. En attendant que Galvani réapparaisse.

Ils le virent enfin surgir du restaurant et se rapprochèrent. Ils croyaient qu'il allait se réinstaller au volant de sa BMW 320 décapotable, garée au bout de la rue, sur les clous, à l'angle de l'avenue Bosquet, mais il dépassa celle-ci et continua à marcher dans la nuit. Tête basse. Un peu zigzagant comme s'il avait bu.

Glissant silencieusement sur leurs rollers, Fred et Slim lui emboîtèrent – si l'on peut dire – le pas.

*

* *

Il n'y avait qu'une petite lampe qui était restée allumée, une applique avec un abat-jour rose, et il faisait reluire les placages d'acajou qui entouraient le lit. Sur celui-ci, la jeune femme était allongée. Nue. Magnifique. Et la paire de fesses sublimes qu'elle exhibait, couchée à plat ventre, semblait capter, concentrer toute la lumière de la chambre.

Elle se retourna.

— Thibault, mon chéri, souffla Alexia Rouval, j'ai encore envie de toi dans mon ventre.

Thibault Valéra était nu, lui aussi, mais il avait quitté le lit et faisait les cent pas dans la pièce en tirant nerveusement sur une Peter Stuyvesant. Tout autour d'eux, la nuit était silencieuse. De temps en temps, un très léger balancement des eaux rappelait que l'on était sur une péniche et non dans un appartement.

— Je ne sais pas comment tu peux avoir encore envie de baiser après ce que tu m'as raconté, souffla-t-il d'une voix oppressée.

Le récit d'Alexia lui donnait des impressions de cataclysme. Maintenant, Albert Galvani savait que son frère avait fait chanter sa maîtresse. Bien sûr, elle lui avait raconté n'importe quoi, et on pouvait toujours se bercer de l'illusion qu'il l'avait crue. Mais Thibault connaissait le patron, il allait se poser des questions, creuser le problème, chercher, trouver sans doute.

Il vira vers elle.

— Je suis sûr qu'il va faire son enquête, dit-il.

— Mais sur quoi ?

Elle s'était redressée sur le lit. Comprimées entre ses bras, les masses de ses seins montaient et descendaient au rythme de sa respiration, dardant deux pointes roses délectables.

— Sur les films pornos que tu prétends avoir tournés.

— Il n'y pense déjà plus, assura-t-elle.

— Quand il s'apercevra que tu lui as menti, insista-t-il, il va de nouveau t'interroger et on l'aura dans le cul.

Dans un roucoulement, elle lui attrapa la main.

— À propos de cul, dit-elle d'une voix chaude, tu sais ce que j'ai envie d'avoir dans le mien ?

Il aurait dû se révolter, l'engueuler, chercher avec elle une solution à leur problème, mais elle lui emprisonnait la main, et maintenant elle la conduisait sans vergogne vers l'endroit où se rejoignaient ses cuisses et où s'ouvrait, sous l'épais buisson de son pubis, la bouche rose de son ventre, brûlante comme un four. Elle le poussa du poignet à l'intérieur d'elle-même, se rejetant en arrière, visage déformé par l'extase. Il commença à se prendre au jeu, et, tandis qu'il la fouillait à pleins doigts, se mit à faire tourner son pouce autour de son clitoris. Elle eut une brève secousse, comme si elle s'électrocutait.

Elle se redressa, tempes en sueur, visage empourpré.

— Tu vois, dit-elle d'une voix légère, il suffit d'un orgasme et tout est oublié…

Pas pour lui. Il essaya de lui reparler de cette histoire de chantage, mais elle ne voulait rien entendre.

— Arrête de te torturer, fit-elle en se retournant de nouveau sur le ventre. Pense plutôt à moi. Il va bientôt falloir que je parte et j'ai encore envie de toi.

En même temps, elle écartait ses fesses à deux mains, révélant son profond sillon, découvrant les muqueuses sombres de son sexe, autour duquel remontaient les boucles de sa toison, et le minuscule orifice de ses reins, tout étoilé de fronces régulières, et qui palpitait.

Vaincu, Thibault Valéra s'installa entre ses cuisses et entreprit de la pénétrer là où elle était le plus étroite. Quand il fut en elle, elle commença à tournoyer des hanches dans une danse merveilleuse. Il ferma les yeux, perdant toute notion d'espace et de temps.

Puis brusquement, Alexia s'immobilisa.

— Arrête, fit-elle.

Il continuait à la marteler.

— Tu n'as pas entendu ? souffla-t-elle. Il y a quelqu'un !

— Quelqu'un ?

— Dans la péniche. Il y a quelqu'un. J'ai entendu du bruit. Nous ne sommes pas seuls.

Toujours planté en elle, mais immobilisé, Thibault Valéra tendit l'oreille.

En vain. Il n'entendait rien.

— Je ne suis pas folle, insista-t-elle. J'ai entendu craquer l'escalier.

Il se détacha à regret de sa croupe.

— Bon, eh bien je vais partir en expédition et traquer les fantômes, soupira-t-il.

Elle le regarda, l'air un peu égaré sous sa crinière rousse en bataille.

— Sois prudent. J'ai peur.

Nu, il traversa la pièce et gagna la porte. Quand il l'eut ouverte, elle l'entendit crier :

— L'escalier est désert, chérie, j'avais raison.

Par acquis de conscience, il commença à gravir les marches qui conduisaient au pont de la péniche. Elle entendit l'escalier craquer et ses pas décroître dans l'obscurité.

Plusieurs minutes s'écoulèrent. Il ne revenait pas. Que se passait-il ? Elle se redressa sur le lit. Elle hurla :

— Thibault ?

Silence absolu.

— Thibault ? Tout va bien ?

Tout à coup glacée de terreur, elle se recroquevilla sur elle-même, ramenant le drap sur sa poitrine et grelottant. Puis, folle d'angoisse, elle rejeta le drap et se précipita vers l'escalier.

Quelqu'un le descendait.

— Thibault, ça va ?

Une silhouette apparut enfin.

Ce n'était pas celle de Thibault.

Au bord de la crise de nerfs, cœur cognant contre les côtes comme s'il cherchait à sortir de sa poitrine, elle recula.

L'autre était maintenant dans la pièce.

Long, mince, en costume clair, avec des yeux étrangement dorés et le crâne lisse, poli comme une pierre.

Et tenant au bout de la main droite un long rasoir dont la lame étincelait.

Et lui souriant.

Comme la mort sourit, dans les vieilles allégories, à ceux qu'elle vient emporter pour un long voyage sans billet de retour.

CHAPITRE XVI

Les doigts de Marco Staner s'enfoncèrent encore un peu plus loin dans l'intimité de sa chair, lui arrachant un cri de douleur.

— C'est bien, dit-il d'une voix douce, tu es toute chaude, toute humide, j'adore ça…

Alexia Rouval essaya de bouger, mais c'était impossible. Tout à l'heure, en débarquant dans la pièce, il l'avait aspergée en pleine figure à l'aide d'une bombe de gaz paralysant anti-agression et elle avait perdu connaissance quelques minutes. Profitant de cet évanouissement, il avait sorti de ses poches une collection complète de cordelettes de marine, des drisses comme on dit en navigation, des liens très efficaces qui ont la vertu de ne pas se distendre, et il lui avait ligoté les poignets et les chevilles. Mais il les avait ligotés ensemble, c'est-à-dire qu'elle était recroquevillée sur elle-même, au milieu du lit, jambes en l'air, buste cassé, bras rejoignant ses pieds, et, dans cette position, elle offrait bien involontairement une vision absolument plongeante sur tout ce qu'elle avait de plus intime et de plus secret entre les cuisses et les fesses.

— Mmmm, fit encore Marco Staner, je connais plusieurs millions de téléspectateurs mâles qui paieraient très très cher pour être à ma place et voir ce que je vois.

Elle tremblait toujours. D'une voix chevrotante, elle demanda :

— Où est… Où est Thibault ?

Il balaya l'air de sa main droite.

— Fini, Thibault. Terminé.

Elle balbutia :

— Je ne vous crois pas.

— Ah oui ? Alors regarde par là.

Il montrait le fond de la chambre. Elle tourna la tête légèrement, dans les limites que lui permettaient sa position et ses liens. Et poussa un cri suraigu.

Thibault était là-bas, affalé à terre et baignant dans son sang. La gorge tranchée.

— J'ai préféré le redescendre ici, fit Marco d'une voix calme. Son cadavre, là-haut, sur le pont, ça faisait désordre.

Elle hoqueta, folle de terreur.

— Mais… pourquoi ?…

Il consulta sa montre, puis regarda la star du petit écran.

— Dans quelques minutes, un quart d'heure peut-être, Albert Galvani sera ici. Il est au courant de tout, maintenant, pour Thibault Valéra et pour toi. Oui, une bonne âme lui a tout révélé. Alors il va débarquer et vous découvrir, tous les deux…

Vous découvrir tous les deux… Alexia grelotta de plus belle. Ce type, cet inconnu allait la tuer, elle aussi. Il ne lui était d'ailleurs pas si inconnu que ça. Elle se rappelait vaguement l'avoir déjà croisé. Mais où ? Elle se rejeta en arrière, reins cassés. De toute façon, c'était inutile de chercher dans sa mémoire. Tout était inutile. Elle était aux prises avec un fou, un monstre, elle était perdue. Quelque chose céda en elle, des larmes jaillirent sous ses paupières, elle se mit à sangloter comme une gosse.

— C'est ça, dit-il. Bien. Très bien. J'adore voir les femmes pleurer.

Il regarda de nouveau sa montre. Il avait encore du temps devant lui. Assez de temps pour profiter de la situation. Voir cette belle fille, cette créature célèbre et riche, haleter et pleurer, le surexcitait. Il adorait sentir la peur des femmes, leur terreur, et cette lueur particulière dans les yeux de toutes les victimes quand elles comprennent, quand elles comprennent vraiment qu'elles vont mourir. Il ressortit son rasoir. Alexia poussa un cri à la vue de l'arme étincelante. Mais c'est vers son ventre qu'il en abaissa la lame.

— Ne t'inquiète pas, murmura-t-il. Je vais simplement te faire ta toilette, te débarbouiller avant de te baiser.

Il tira sur les poils de sa magnifique toison pubienne.

— Toute cette broussaille, fit-il avec une grimace, c'est vraiment trop dégoûtant.

Puis il s'attaqua à sa forêt intime. Sans mousse à raser, cette fois, sans rien. À sec. Pas le temps de raffiner. Ça faisait mal, d'accord, ça irritait la peau, mais est-ce qu'il ne faut pas souffrir pour être belle ?

Alexia ne criait même plus. Elle pensait à elle, à Thibault, à Galvani aussi. À la vie. À sa vie dont elle savait la fin toute proche.

*
* *

Albert Galvani titubait le long des eaux noires de la Seine. Saoul à en crever après s'être arrêté pour boire un coup dans tous les bistrots qui étaient sur son chemin. Et se demandant s'il ne ferait pas mieux de se foutre à l'eau plutôt que de faire ce qu'il allait faire : débarquer chez Thibault Valéra et vérifier sur place l'ampleur de son infortune.

Il avait traversé la Seine, et il avait emprunté le quai des Tuileries puis le quai du Louvre et maintenant il abordait le quai de la Mégisserie. Se rapprochant irrésistiblement du port de l'Arsenal. Et de la péniche de Valéra où son destin l'attendait.

À bonne distance, sur leurs patins, Fred et Slim continuaient à le suivre dans la nuit. Joignant toujours l'utile à l'agréable. L'art du roller-on-line et celui de la filature.

Et prêts, comme convenu, à prévenir Marco Staner à l'aide de leur portable dès que le P-DG de Futurible SA serait en vue de la péniche.

*

* *

Staner avait achevé la « toilette » d'Alexia. Ce n'était pas parfait, mais à la guerre comme à la guerre, non ? Il passa la paume sur le mont de Vénus de la star du petit écran et grimaça, sentant des picotements de poils mal rasés sous sa main. Il l'avait un peu écorchée, sans le faire exprès. De petites gouttes de sang perlaient ici ou là sur la chair glabre de son pubis. Côté pile aussi, entre ses fesses, il l'avait un peu abîmée, en s'attaquant aux poils qui tapissaient le puits de ses reins. Mais tant pis, il n'avait pas le temps de fignoler.

Il referma son rasoir et entreprit de déboutonner son pantalon. Puis il enfourcha Alexia, sexe dardé.

— Tu vas commencer par me sucer bien gentiment, annonça-t-il.

Dans la position inconfortable où elle était, chevilles et poignets toujours attachés ensemble, il était quasiment obligé de s'asseoir sur elle pour parvenir à ses fins. À califourchon, écrasant ses seins, il arriva tout de même à rapprocher son membre de ses lèvres.

— Avec la langue, commanda-t-il.

Dans le cerveau d'Alexia, l'horreur et l'humiliation se mêlaient, soufflant en rafale. Avec tout de même une minuscule lueur d'espoir : si elle faisait ce que ce salaud disait, elle gagnerait un peu de temps. Le temps, peut-être, que Galvani débarque et la sauve du monstre.

— Oui, comme ça, c'est très bien, apprécia Marco.

Elle avait sorti la langue, et elle commençait à lécher la longue colonne de chair qu'il lui mettait sous le nez. Il se déplaça un peu, et ce furent ses testicules qu'il lui présenta. Elle les humecta de sa salive. Elle avait envie de vomir, de hurler, mais elle avait aussi envie de vivre, alors elle s'appliquait, elle faisait durer le plaisir, son plaisir à lui, son ignoble, son répugnant plaisir.

— Ça va, dit-il au bout d'un moment.

Il redescendit, s'installa entre ses cuisses et la pénétra jusqu'au fond du ventre, d'un empalement brutal qui arracha un cri à Alexia. Il alla et vint quelques instants, puis ressortit et la retourna. Réduite à l'impuissance, il la maniait comme un sac ou un paquet. Elle était pelotonnée sur elle-même, fesses en l'air, bien involontairement ouvertes et offertes. Elle le sentit qui s'installait derrière elle, écartait encore davantage les globes de sa croupe, et enfin il la força.

Ce fut encore plus terrible qu'elle ne le craignait. Elle ne put s'empêcher de hurler de douleur. Comme si une boule de feu fonçait à travers ses entrailles.

Alors qu'il la travaillait avec la régularité d'un marteau-piqueur, son téléphone portable sonna, dans une des poches de sa veste. Sans la lâcher, il attrapa l'appareil et répondit.

— Il arrive, fit la voix de Slim.

Aussitôt, il se retira des reins d'Alexia et il retourna la jeune femme sur le dos. Il n'avait pas joui, mais de toute façon ce n'était pas son intention. Il se reboutonna. Puis il se réempara de son rasoir et le rouvrit. Et Alexia vit descendre vers sa gorge la lame étincelante avec un indicible effroi.

Une prière remontée de son enfance jaillit dans sa mémoire et fit trembler ses lèvres.

Elle avait un problème d'anévrisme, on le lui avait dit autrefois, mais les années avaient passé sans qu'elle ait le moindre accident de ce côté-là et elle l'avait oublié.

À une seconde de sa mort, sous l'effet d'une émotion, d'un stress comme elle n'en avait jamais connus, son problème se réveilla. Ses yeux chavirèrent et devinrent fixes juste avant que le rasoir de Marco Staner n'entre en contact avec la chair de sa gorge. Elle mourut, si l'on peut dire, avant d'être tuée. Par rupture d'anévrisme avec hémorragie foudroyante.

Marco ne s'en aperçut même pas. Il alla jusqu'au bout de son abominable besogne, tranchant profondément la gorge de l'animatrice de *Rien que la vérité*, presque jusqu'à la décapiter. Quand il eut terminé, Alexia baignait dans son sang comme une bête d'abattoir sauvagement travaillée par un boucher fou.

Ensuite, dans la chambre à coucher de la péniche, il dénoua les poignets et les chevilles de la jeune femme, récupéra ses cordelettes, et éteignit l'unique lumière, celle de l'applique à abat-jour rose. Puis il attendit. Mastiquant des cachous.

Albert Galvani était ivre-mort, mais pas au point de trouver normal qu'il n'y ait de lumière nulle part sur la péniche de Thibault Valéra. Aussi est-ce prudemment qu'il s'engagea dans l'escalier descendant à la chambre.

La porte en était entrouverte. Il la poussa. La pièce était baignée de ténèbres. Où se trouvait l'interrupteur ? Il le chercha à tâtons. Puis il buta sur quelque chose et, dans le même temps, ressentit une douleur brutale à la base du crâne. Il battit désespérément l'air puis s'effondra avec l'impression que son cerveau explosait en mille morceaux.

Ensuite, ce fut la nuit complète.

*
* *

Rue du Fer-à-Moulin, tout en bas de Mouffetard, dans son petit appartement de trois pièces, Manon Brioussot venait de prendre sa douche comme le téléphone sonna.

Qu'est-ce que ça pouvait bien être ? L'assistante d'Albert Galvani n'avait que deux amies susceptibles de l'appeler à une heure aussi tardive. L'une d'entre elles était en voyage et l'autre à l'hôpital pour une opération bénigne du genou. Ce n'était donc pas elles.

— Je ne réponds pas, décida-t-elle.

Mais le téléphone s'égosillait. Elle attrapa son kimono noir, et, longue, élégante, ses cheveux noirs dénoués et tombant sur ses épaules, se décida à décrocher.

Immédiatement, elle reçut comme un invisible coup de poing dans le ventre.

— Manon ?

La voix de Galvani. Son patron.

— Je ne te dérange pas ?

Elle attendit que les battements de son cœur se calment. Cet appel téléphonique nocturne, elle ne l'espérait plus depuis combien d'années ?

— Non, vous ne me dérangez pas, dit-elle d'une voix un peu étranglée.

— Tu es seule ?

Il avait l'air essoufflé.

— Oui.

— Alors j'arrive. Tu peux me rappeler le code de ton immeuble ? Je l'ai oublié.

— Vous ne pouvez pas vous en souvenir, fit-elle calmement, puisque vous n'êtes jamais venu chez moi.

Elle avait déménagé cinq ans auparavant. Du temps de leur liaison, elle habitait ailleurs, près de la porte d'Orléans.

Elle lui indiqua le code et l'étage, et aussitôt il raccrocha.

Elle resta un instant interdite. Qu'est-ce qui se passait ? Qu'est-ce qu'il voulait ? Brusquement, elle s'affola. Il fallait qu'elle se remaquille pour le recevoir, qu'elle se rhabille, qu'elle se fasse belle. Puis elle s'insulta intérieurement.

« Arrête de rêver, pauvre idiote, se dit-elle. C'est toi qui es amoureuse de lui, pas lui de toi ! »

Elle décida de le recevoir comme elle était, en kimono, sans maquillage et prête à se coucher.

Puis elle repensa à l'étrange document qu'il lui avait demandé de saisir, quelques heures auparavant, et de copier sur disquette, ces trois pages dans lesquelles il expliquait qu'on allait le tuer.

Elle frissonna.

L'homme qu'elle n'avait jamais cessé d'aimer était en danger.

D'un geste de la main droite, Albert Galvani refusa le verre de cognac que lui tendait Manon.

— Non, pour ce soir j'ai assez bu.

Sa bouche se tordit dans un rictus amer.

— Assez bu et assez vu.

Il lui avait tout raconté, le dîner avec Hauterives interrompu par le débarquement intempestif d'Aurélie, la veuve de Théo, les horribles révélations de celle-ci, et enfin ce qu'il avait découvert sur la péniche de Thibault Valéra. Thibault lui-même égorgé, ainsi qu'Alexia. L'un et l'autre baignant atrocement dans leur sang. Et leur assassin disparu, envolé, après l'avoir lui-même assommé.

Quand Galvani avait repris ses esprits, il tenait dans sa main droite un rasoir. Celui-là même qui, de toute évidence, avait servi à tuer Alexia et son amant. Et sur lequel il avait involontairement laissé de superbes empreintes.

— Pourquoi ne pas l'avoir emporté ? interrogea Manon.

Elle était assise en tailleur face à lui, qui s'était laissé tomber sur le divan. Il parcourut des yeux le décor. Velours gris ou noir partout. Table basse en acier brossé. Carrelage à grandes dalles noires et blanches au sol. Et poutres apparentes laquées blanc, comme les murs. Il revint à Manon et l'enveloppa du regard. Elle était ravissante dans ce kimono noir, avec ses longs cheveux dénoués flottant sur les épaules. Il avait l'impression de la redécouvrir. Pourquoi était-il allé cherché ailleurs le bonheur qu'il avait là, près de lui, à portée de la main ?

Il se secoua.

— À quoi ça aurait servi ? dit-il. On a voulu me mettre dans la merde et on y a réussi. Le petit scandale causé par Aurélie dans le restaurant de l'avenue Rapp me fournit un mobile idéal pour tuer ma maîtresse infidèle ainsi que son amant ; lequel, par-dessus le marché, était mon bras droit. Pratiquement mon dauphin. Je découvre cette double trahison, j'assassine les traîtres et puis voilà, j'en prends pour quinze ans et tout le monde est content.

Elle le regarda de ses profonds yeux mauves.

— Pas moi, dit-elle.

— Pardon ?

— Je dis que s'il y a une seule personne qui ne sera pas contente de votre arrestation, ce sera moi.

Il y eut un silence. Leurs regards plongeaient l'un dans l'autre.

— Mais, ce n'est pas le moment de parler de tout ça, reprit-elle. Plus tard, on verra…

— S'il y a un plus tard.

Elle se secoua.

— Il faut appeler la police, dit-elle.

Il agita la main droite.

— Tout à l'heure, sur la péniche de Valéra, j'ai essayé de contacter ce flic de la Brigade Mondaine, Boris Corentin. Il m'avait laissé plusieurs numéros, dont celui de son domicile. Malheureusement, il n'est nulle part. À tout hasard, j'ai laissé un message sur son répondeur, enfin dans la boîte vocale de son portable. En lui demandant de me rappeler chez toi...

Il fronça les sourcils.

— Je suis tombé dans un drôle de piège, dit-il. Aurélie n'a pas pris toute seule la décision de me mettre dans la merde. Il a fallu qu'on la renseigne, qu'on l'informe, qu'on lui raconte la liaison entre Thibault et Alexia. Et il n'y a qu'une seule personne qui pouvait le faire.

— Qui ?

— Celui dont je parle dans le texte que je t'ai demandé de taper.

Marco Staner. Plus il y pensait, plus c'était évident. C'était lui qui tirait toutes les ficelles depuis le début. Lui aussi qui avait convaincu la veuve de Théo d'aller faire un esclandre aux *Bucoliques* de l'avenue Rapp. Puis Staner s'était rendu sur la péniche de Valéra, il avait tué ce dernier ainsi qu'Alexia, et il avait attendu que Galvani débarque.

— Il n'y a qu'une chose qui pourrait me sauver, fit le P-DG de Futurible SA : qu'Aurélie parle, qu'elle raconte la machination dont je suis victime, qu'elle avoue sa complicité avec Staner. Il n'y a qu'elle qui pourrait me tirer du pétrin.

Il se leva.

— Je vais chez elle, dit-il.

Elle l'arrêta.

— Non, restez ici, personne ne songera à vous chercher chez moi, du moins jusqu'à demain matin.

C'est moi qui vais aller chez Aurélie. Et tenter de la ramener...

Elle avait parlé d'une voix nette, catégorique, qui interdisait toute objection. Il n'insista pas.

*

* *

Somptueuse dans son absolue nudité, Carla Marconi se tourna sur le côté, tout contre Boris et, couchée sur une hanche, prit d'entre les doigts de celui-ci la Gitane blonde qu'il venait d'allumer pour en avaler une bouffée.

— Reste avec moi cette nuit, murmura-t-elle avec son délicieux accent italien.

— Pourquoi ? sourit-il. Tu as peur dans le noir ?

— Non, mais j'ai envie de me réveiller avec toi demain matin et que tu me fasses l'amour avant le petit déjeuner.

Ils s'étaient retrouvés pour dîner et ensuite il l'avait raccompagnée chez elle, rue du Faubourg-Poissonnière. Il était tard, et Boris hésitait. D'une main, à tâtons, il attrapa son portable pour écouter d'éventuels messages sur sa boîte vocale. Carla le regardait avec des airs de reproche muet.

— Je suis flic, s'excusa-t-il avec un sourire.

Il n'y avait qu'un appel, il était d'Albert Galvani et il changeait toute la donne des heures à venir. Galvani racontait en long et en large ce qui était arrivé sur la péniche de Valéra, l'affreuse tuerie qu'il y avait découverte, Thibault et Alexia massacrés, et lui-même tombé dans un piège dont il avait toutes les chances de ne jamais se dépêtrer. Il précisait qu'il allait trouver refuge chez son assistante, Manon Brioussot, dont il indiquait l'adresse rue du Fer-à-Moulin.

Alexia Rouval morte ! La présentatrice vedette de *Rien que la vérité* égorgée ! Boris bondit du lit.

— Qu'est-ce qui te prend ? interrogea Carla.

Il ne répondit pas tout de suite, il était en train de composer le numéro de Brichot, au Kremlin-Bicêtre.

— Il me prend que je suis obligé de partir, dit-il tandis que les sonneries se succédaient au bout du fil.

En fin de compte, Brichot décrocha.

— Désolé de te réveiller, vieux frère, attaqua Boris.

— Je ne dormais pas encore, fit Brichot, mais c'était à un poil près.

Boris lui raconta succintement ce qui venait d'arriver. Au bout de trois minutes, ils conclurent qu'ils se retrouveraient chez Manon, rue du Fer-à-Moulin.

Boris composa encore un numéro. Celui, cette fois, du Quai des Orfèvres.

Il était plus qu'urgent d'expédier des policiers sur la péniche de Valéra. Au standard, on lui promit de prévenir immédiatement les hommes de la Brigade Criminelle.

Il éteignit son portable et se retourna vers Carla.

— Il faut vraiment que je m'en aille, dit-il, je suis désolé.

Il ferma les yeux pour échapper à la vision de la belle Italienne offerte à ses côtés et, une poignée de secondes plus tard, se ruait dans l'escalier.

CHAPITRE XVII

Rue Nansouty, près du parc Montsouris, Marco Staner revint de la cuisine où s'entassait la vaisselle sale d'au moins une semaine. Aurélie était décidément une souillon comme il en avait encore rarement vu.

Et elle allait payer aussi pour ça.

Au goulot, il s'envoya une gorgée de vodka.

— Salope, grogna-t-il entre ses dents.

Il y avait déjà une petite heure qu'il s'était fait le même raisonnement qu'Albert Galvani, mais en sens inverse : en fin de compte, il n'y avait que la veuve de Théo qui pouvait encore sauver le P-DG de Futurible SA. Si elle parlait, si elle racontait ce qu'elle savait, et comment le piège avait été monté, il était lavé de tout soupçon.

Et lui, Marco Staner, se retrouvait à son tour dans le pétrin.

Conclusion : il fallait la liquider. À peine arrivé rue Nansouty, il s'était jeté sur elle et l'avait neutralisée avec sa bombe de gaz neutralisant. Le temps de ressortir ses drisses et de la ligoter solidement sur son lit, bras et jambes en croix, poignets et chevilles attachés aux montants de cuivre du lit. Quand Aurélie avait repris conscience, elle avait d'abord cru qu'il s'agissait d'un nouveau jeu sado-maso. Avant l'arrivée de Staner, elle s'était envoyé des quantités phénoménales de vodka et elle n'avait pas l'esprit très clair, c'était le moins qu'on pouvait dire. Les agissements de son « seigneur et maître » ne lui apparaissaient qu'à travers d'épaisses brumes alcoolisées. Par-dessus le marché, elle ne pouvait pas lui poser de questions, ni s'étonner de ce qu'il faisait, pour la bonne raison qu'il lui avait enfoncé dans la bouche une grosse serpillière. Elle mordait dedans involontairement, et le goût âcre qui s'en échappait lui donnait envie de vomir.

Staner s'assit sur le lit, face à ses jambes écartelées. De là où il était, il lui voyait pour ainsi dire jusqu'au fond de l'âme tant elle était magnifiquement ouverte, lèvres béantes, mont de Vénus débarrassé de toute pilosité intempestive. Plus nue que nue. Merveilleusement offerte.

— Dommage, murmura-t-il pour lui-même.

Dommage, oui, c'était bien dommage d'être obligé de la liquider avant d'avoir profité longuement d'elle comme il se l'était d'abord promis quand il venu ici la première fois. Mais on ne pouvait pas toujours faire ce qu'on voulait dans la vie. Il avala encore une gorgée de vodka et s'aperçut que la bouteille était vide. Il s'apprêtait à la jeter à l'autre bout de la pièce puis il se ravisa et en enfonça le goulot dans le ventre d'Aurélie. Celle-ci eut un sursaut et, à travers la serpillière qui la bâillonnait, gémit de douleur. Elle le regardait avec des yeux écarquillés. Il avança la main et caressa ses gros seins, dont il tordit un peu les pointes. Elle émit un grognement sourd.

— Tu n'aimes pas ça ? demanda-t-il. C'est vraiment bien regrettable.

Il s'aperçut qu'elle tremblait et que des larmes perlaient à ses paupières.

Pourquoi ? Pourquoi la torturait-il ? Qu'est-ce qu'il avait à lui reprocher ? Est-ce qu'elle n'avait pas obéi, fait tout ce qu'il avait voulu ?

Marco la considérait fixement. Dans quelques minutes, elle serait morte. Bon. Et après ? Une partie de sa conscience lui criait qu'il était foutu, de toute façon, que tôt ou tard on l'arrêterait et qu'il passerait le reste de ses jours en cabane. Oui. Et alors ? Est-ce qu'il n'avait pas quand même accompli sa mission, en semant la mort et la désolation sur son passage, et surtout en se vengeant des frères Galvani qui, successivement, l'avaient trahi ? Est-ce que ceux-ci lui avaient laissé le choix ?

Il se secoua. Il fallait en finir. Une dernière fois, il eut envie de la posséder, de s'enfoncer dans ce sexe glabre qui était son œuvre. Il retira la bouteille de vodka et se plaça lui-même entre ses jambes béantes. D'une poussée des reins il la pénétra et commença à aller et venir en cadence.

Cinq minutes après, par longues secousses, il se vidait en elle.

— Bon, eh bien maintenant on passe aux choses sérieuses, dit-il.

Et il passa dans la salle de bains chercher le rasoir de Théo.

Tout de même, par charité, il lui banda les yeux avant de l'égorger. Après tout, il ne lui voulait pas de mal, elle ne lui avait rien fait et il la regretterait. Sincèrement.

Ensuite, par acquis de conscience, il effaça toutes les traces qu'il avait pu laisser dans la maison d'Aurélie. Mais il ne se faisait plus aucune illusion, il était au bout de sa route, le voyage allait bientôt se terminer. Il avait fait trop de dégâts partout, semé trop de cadavres sur son chemin. Grisé par la jouissance que lui avaient procurée ses deux premiers meurtres, il s'était laissé emporter par le plaisir de tuer. Et maintenant, il n'avait plus qu'une solution : disparaître dans la nature. Se faire oublier. Si c'était encore possible.

Mais pour aller où ? Et comment ? Plus question d'emprunter sa Range Rover, qui avait dû être repérée par pas mal de témoins. Il réfléchit. Il avait encore son mobilhome, un superbe camping-car avec tout le confort à l'intérieur, stationné dans un box qu'il louait à l'année dans un parking en sous-sol de la Défense. Ce véhicule-là, personne ne le connaissait. Par-dessus le marché, il ne lui appartenait pas : il avait été immatriculé au nom de Fiona Géricault, patronne de « donjon S/M » place du Général-Catroux et son âme damnée depuis quelque temps. Oui, c'était une solution, il allait disparaître au volant du mobilhome de Fiona, fuir très loin de Paris, peut-être essayer de passer à l'étranger…

Il sursauta. Tintant sur trois tons, la sonnette de la porte d'entrée retentissait.

Un instant, il paniqua. On insistait. Qu'est-ce qu'il fallait faire ? À pas de loup, il alla coller son œil au judas de la porte et aperçut une silhouette féminine en veste blanche, chemisier bleu et jupe noire. Il l'identifia immédiatement : c'était l'assistante d'Albert Galvani. Pourquoi était-elle là ? Qu'est-ce qu'elle venait faire ? Mystère. En tout cas, il était sûr que c'était elle, il avait assez longtemps enquêté sur Galvani pour la connaître. Il revint dans la salle de séjour, s'y empara de sa bombe de gaz neutralisant et alla ouvrir.

Un « pschitt ! » bien ajusté, et Manon Brioussot tomba dans les pommes avant d'avoir compris ce qui lui arrivait. Marco Staner la recueillit entre ses bras et la ramena dans la salle de séjour où il l'étendit à terre.

Se disant que c'était le ciel qui la lui envoyait.

Il lui ligota les chevilles et les poignets, puis la réveilla de plusieurs claques bien ajustées. Manon n'avait jamais vu Staner, mais en un instant elle comprit que c'était lui. Et qu'elle était perdue.

Il l'interrogea brièvement. Comment était-elle venue

jusqu'ici ? En taxi ? En voiture ? Dans l'espoir de gagner du temps, elle choisit de « collaborer » avec le tueur. En voiture, répondit-elle : une Peugeot 306 garée au bout de la rue.

Parfait. Marco s'empara de son portable et pianota un autre numéro de portable, celui de Fred et de Slim. Les tueurs à roulettes. Il les eut immédiatement. Il leur donna rendez-vous, une heure plus tard, dans un parking souterrain de la Défense.

Puis il s'accroupit près de Manon et sortit son rasoir.

— Tu vois ça ? dit-il doucement. Je vais te détacher les chevilles et tu vas marcher avec moi bien tranquillement jusqu'à ta voiture. Si tu fais l'imbécile, si tu cries, si tu essaies de m'emmerder, je t'égorge. Tu comprends ?

Oui. Manon comprenait, elle le lui dit d'une voix étranglée. Même si elle ne se faisait pas la moindre illusion sur la suite des événements ni sur son propre sort.

Avant de la détacher, il glissa une main sous sa courte jupe noire. Comme ça. Histoire de voir, de se renseigner. Pour plus tard. Cette fille était très belle et, bien dressée, on pourrait en faire une esclave très intéressante.

Manon portait un slip sous lequel il insinua les doigts et, aussitôt, il grimaça. Elle avait une toison naturelle abondante et drue, non épilée, non rasée. Toujours ce foutu manque de soin, toujours cette incroyable négligence des femmes.

— On arrangera ça plus tard, décida-t-il.

*

* *

Arrivé en quelques minutes rue du Fer-à-Moulin, Boris Corentin tournait comme un lion en cage.

— Qu'est-ce qu'elle fiche ? murmura-t-il en raccrochant le téléphone de Manon Brioussot sur lequel il venait, en vain, de composer le numéro de la rue Nansouty. Vous dites qu'elle est partie depuis au moins une heure ?

Albert Galvani jeta un coup d'œil à sa montre et hocha la tête, l'air accablé.

Boris le regarda. Dans son esprit, l'innocence du P-DG de Futurible SA ne faisait pas le moindre doute mais, dans l'état actuel des choses, la veuve de Théo était la seule à pouvoir en témoigner.

— Si j'étais à la place du tueur, grinça-t-il entre ses dents, je la liquiderais.

— Pardon ? sursauta Galvani

— Rien. Je réfléchissais tout haut.

Brusquement il jeta dans un cendrier la cigarette qu'il s'apprêtait à allumer et attrapa son blouson.

— Ne bougez pas d'ici, mon collègue le capitaine de police Aimé Brichot va arriver d'un instant à l'autre. Moi je vais rue Nansouty, chez votre belle-sœur.

— Vous croyez qu'il est arrivé quelque chose ?

— Ça m'en a tout l'air, jeta Boris en tâtant la crosse de son RMR Spécial Police glissé dans la poche intérieure.

Cette fois, la brève comédie des faux détectives privés était bel et bien terminée.

Vingt minutes plus tard, rue Nansouty, dans la petite maison du fond de l'impasse qui avait été le domicile conjugal d'Aurélie et Théo Galvani, Boris n'avait plus le moindre doute. Il était effectivement arrivé quelque chose. Aurélie baignait dans son sang. On l'avait égorgée avec tant de sauvagerie qu'elle avait la tête aux trois quarts détachée du corps.

Un détail lui sauta au yeux : la toison pubienne d'Aurélie était rasée de frais. Comme celle d'Alexia

Rouval, d'après ce que Galvani lui avait raconté tout à l'heure. Ce qui n'était pas du tout dans les habitudes de la star du petit écran.

Et Boris était prêt à parier qu'il en allait de même pour Aurélie.

Esméralda, Aurélie, Alexia... La liste des femmes « scalpées » par le tueur s'allongeait.

Quant à Manon, elle avait totalement disparu.

Boris redécrocha le téléphone. Il venait de prévenir le commissariat du parc Montsouris, rue Rémy-Dumoncel. Dans quelques instants, le premier car de police secours serait sur place, chez Aurélie. Il composa le numéro de Manon, rue du Fer-à-Moulin.

Une voix qu'il ne reconnut pas tout de suite lui répondit. Il se nomma. Aussitôt, l'autre se nomma à son tour.

— Montanier, de la Brigade Criminelle. Désolé, Corentin, mais je viens d'arrêter Albert Galvani. Pour le meurtre de Thibault Valéra et d'Alexia Rouval.

Boris sentit sa gorge s'assécher.

— Il est innocent, j'en suis sûr.

— C'est ce qu'on verra, fit le vieux flic de la Crime. Pour moi, il a tué Valéra et sa maîtresse.

— Sans oublier sa belle-sœur, alors, compléta Boris.

— Hein ? Qu'est-ce que tu racontes ?

— Que je suis en ce moment chez Aurélie Galvani, la belle-sœur d'Albert Galvani. Et qu'elle est morte. Égorgée comme Alexia Rouval et Valéra. Franchement, je vois mal Galvani se livrer à un tel carnage. Par-dessus le marché, je suis sûr que l'autopsie prouvera que Galvani se trouvait chez Manon Brioussot au moment où Aurélie a été tuée.

Le vieux policier de la Criminelle souffla dans l'appareil comme un phoque.

— Moi je ne sais qu'une chose, dit-il sèchement, j'ai une commission rogatoire et j'arrête le suspect.

Puis il raccrocha.

Boris faillit rappeler, mais se ravisa. Il était plus urgent de retrouver Staner. Mais où ? Sûrement pas chez lui. Alors où ? Chez qui ? Boris repensa aux branchements de la minicaméra espion, dans les bureaux de Théo Galvani.

Oui, c'était ce fil-là qu'il fallait suivre. Et pas demain. Tout de suite.

*

* *

— Je vais vous demander de bien vouloir me suivre, commanda Montanier au P-DG de Futurible SA, vous êtes en état d'arrestation. Et n'essayez pas de me fausser compagnie. Vous ne feriez qu'aggraver votre situation inutilement. Et vous m'obligeriez à employer les grands moyens.

Galvani haussa les épaules.

— Je n'ai aucune raison de tenter de m'enfuir. Je me réjouis au contraire à la perspective de voir votre tête quand je raconterai au juge d'instruction votre tentative de chantage de l'autre jour.

— Hein ? Qu'est-ce que vous racontez ?

Galvani sourit.

— Vous me prenez pour qui, inspecteur ? J'ai un dispositif, dans mon bureau, qui me permet d'enregistrer toutes les conversations intéressantes. Je vous ai bien entendu enregistré. Tout le monde saura que vous avez tenté de m'extorquer un million de francs pour faire triompher la thèse du suicide de mon frère et effacer toute trace de ses relations avec Esméralda Dancourt.

Le vieux flic était blême.

— C'est de l'histoire ancienne, grogna-t-il. Oui, j'avais pensé à quelque chose de ce genre, en effet, mais c'est trop tard, trop risqué. Maintenant, avec les meurtres que vous avez sur les bras, vous ne valez plus un clou, plus un sou, plus rien, vous êtes foutu.

Lui aussi était foutu, et il le savait. Ne serait-ce que parce qu'en abandonnant son projet de chantage, il perdait du même coup Karim, le beau Karim qui dansait si bien, sur des airs d'Oum Kalsoum, en slip léopard.

— Alors je préfère vous arrêter, termina-t-il d'une voix lugubre.

— Ou m'abattre sous prétexte que j'ai essayé de m'enfuir ? interrogea Galvani.

Montanier ouvrait la bouche pour répondre, mais quelqu'un le devança.

— Personne n'abattra personne, et personne ne s'enfuira.

Montanier, exorbité, regardait apparaître Aimé Brichot.

— La porte de l'appartement était restée entrouverte, expliqua ce dernier. Je suis entré au bon moment, j'ai l'impression. En tout cas, je viens de surprendre une conversation très intéressante.

Il fusilla Montanier du regard.

— Une conversation sur laquelle je vous jure que vous allez avoir à vous expliquer.

Cette fois, Montanier n'était plus blême. Il était vert de peur et de rage.

— Et lui ? Qu'est-ce que vous en faites ? interrogea-t-il en montrant Galvani.

— Rien, décida Brichot. On reste tous ici et on attend Boris Corentin.

*

* *

Manon rouvrit les yeux. Où est-ce qu'elle était ? Elle mit du temps à réaliser qu'elle se trouvait attachée, ligotée sur une banquette, dans ce qui lui sembla être une caravane, mais qui était en fait un mobilhome dernier cri, avec tous les aménagements modernes souhaitables.

Et elle était nue. Intégralement nue.

Une douleur, du côté du ventre, la fit sursauter. Qu'est-ce qui se passait ? Elle redressa la nuque et aperçut un type penché sur son entrecuisse. Armé d'un rasoir, il était en train de faire disparaître les derniers poils de sa toison pubienne.

— Ne bouge pas, dit Fred Garper, et il ne t'arrivera rien. On te nettoie, simplement. On obéit aux ordres du patron.

Qui était ce type ? Près de lui, le regardant opérer, se tenait une fille qui lui ressemblait étrangement. Maigre, cheveux très courts, visage blafard, silhouette presque androgyne.

— Qui êtes-vous ? demanda-t-elle.

— Personne, fit le type qui achevait de la raser. On a juste été obligés de t'assommer, malheureusement, pour que tu te tiennes tranquille, mais maintenant on dirait que ça va mieux, non ?

Il avait terminé son travail. Il effaça avec une serviette les dernières traces de mousse sur le ventre de Manon et se recula pour jouir du spectacle.

— Pas mal, apprécia-t-il avec un petit rire en-dessous, on dirait un bébé.

Ça lui donnait des idées. Il se déboutonna.

— Tu ne vas quand même pas la baiser ? intervint Slim derrière lui.

— Pourquoi pas ? ricana Fred. Le patron n'a donné aucune consigne à ce sujet. Il a dit de la débarbouiller, c'est tout, il n'a pas dit de ne pas la sauter.

Il jeta un regard mauvais à Slim.

— Si j'ai envie de me tirer cette gonzesse, c'est pas toi qui vas m'emmerder avec tes crises de jalousie.

Slim voulut dire quelque chose, puis elle haussa les

épaules et y renonça. Après tout, ce ne serait pas la première fois que Fred violerait une fille sous son nez. Parfois même, elle avait pris un certain plaisir à ce spectacle.

Avec un horrible haut-le-cœur, Manon sentit le type qui se ruait entre ses jambes.

*
* *

— Je vous préviens que vous allez avoir de gros ennuis si vous essayez de vous introduire chez moi, cracha Fiona Géricault.

Elle essayait de refermer sa porte, mais Boris Corentin la bloquait avec son pied.

— Foutez-moi la paix, sale petit détective de merde ! cracha-t-elle encore.

— Je ne suis pas détective, fit Boris, je suis policier.

Il exhiba sa plaque barrée de tricolore.

— Bien sûr, vous allez me dire que l'heure légale des visites est passée. D'accord, admettons. Je me munis de la commission rogatoire adéquate, j'attends le lever du soleil et je rapplique chez vous. Et alors ? On est plus avancés ? Qu'est-ce que vous aurez gagné ?

Elle le regarda. Elle était vêtue d'une chemise de nuit bleu pastel plutôt romantique et qui contrastait assez étrangement avec sa carrure de catcheuse. La chemise de nuit étant transparente, Boris n'avait eu aucun mal à s'assurer d'un coup d'œil que la propriétaire du « donjon » de la place du Général-Catroux était intégralement épilée ou rasée.

La diva du sado-masochisme se radoucit.

— Bon, d'accord, ironisa-t-elle, qu'est-ce que vous voulez ? Flagellation ? Crucifixion ? Isolation sensorielle dans une combinaison intégrale ?

Boris serra les mâchoires.

— On va simplifier les choses et brûler les étapes, dit-il. Dans l'agence de Galvani, il y a une jolie caméra-espion dont les branchements conduisent directement ici, chez vous. Ne me demandez pas comment je le sais. Je le sais, un point c'est tout. J'ai aussi de bonnes raisons de penser que vous travaillez avec Marco Staner. C'est pour lui que vous espionniez Théo Galvani et c'est grâce à vous qu'il a eu la preuve que Galvani l'escroquait. Vous êtes donc la complice de quelqu'un qui a déjà tué au moins sept personnes. Pour le moment, vous-même ne m'intéressez pas. Ce que je veux, c'est Staner. Je suis persuadé que vous savez où il se trouve en ce moment. Vous me le dites et je vous promets que je parlerai en votre faveur au juge d'instruction, plus tard. Et surtout, ne me racontez pas qu'il se trouve à son domicile : j'en viens, il n'y est pas.

Elle avait cessé de lutter pour refermer la porte d'entrée. Il pénétra dans l'appartement.

— De toute façon, c'est fini pour vous, annonça-t-il durement.

Il eut un geste circulaire.

— Votre petite usine à tortures, vous pouvez d'ores et déjà mettre une croix dessus. Maintenant, si vous êtes désireuse de ne pas aggraver votre cas, vous feriez mieux de parler.

Il insista.

— Sinon, vous serez complice de son prochain meurtre. Le huitième.

Elle écarquilla les yeux.

— Le huitième ?

— Oui. Il a kidnappé une jeune femme, et je doute que ce soit pour la demander en mariage.

Fiona Géricault frémit. Quelque chose craqua en elle.

— Il y a un mobilhome qui m'appartient et qui est stationné dans un box, au troisième sous-sol d'un parking de la Défense. C'est probablement là qu'il se trouve.

Elle se précipita à l'intérieur de l'appartement.

— Je vais vous donner toutes les indications nécessaires.

Dès qu'il les eut, Boris releva les yeux.

— Vous avez eu raison de coopérer, dit-il. Chaque mot que vous venez de prononcer vous vaudra sans doute quelques années de moins en prison.

Fiona Géricault ne devait passer ni une année, ni un jour, ni même une heure en prison. Quinze minutes exactement après le départ de Corentin, Marco Staner, qui disposait d'une clé de son appartement, débarquait chez elle et la trouvait en train de boucler en hâte une valise.

— Tu pars en voyage ? demanda-t-il avec un grand sourire.

Elle se mit à trembler. Incapable d'ouvrir la bouche.

Il s'approcha d'elle. Tâtant au fond de sa poche le manche de son rasoir.

*
* *

Boris Corentin se serait battu. Il avait mis trois quarts d'heure à trouver un taxi. Lorsqu'il arriva enfin en vue des tours de la Défense, il regarda sa montre. Deux heures quinze du matin. Il se rua vers l'entrée du parking indiqué par Fiona Géricault et dégringola les escaliers conduisant au troisième sous-sol. Tenaillé par une pensée et une seule : Manon Brioussot était-elle encore vivante ?

Le rideau de fer du box dont Fiona avait parlé était relevé. Et il y avait effectivement, à l'intérieur, un superbe mobilhome blanc flambant neuf. Boris s'empara de son arme et crapahuta lentement vers le véhicule en question. À l'intérieur duquel brillait de la lumière.

Il jeta un œil par l'une des fenêtres et se tétanisa, horrifié.

Dans le plus simple appareil, un jeune homme mince, athlétique, le crâne intégralement rasé, était en train de faire des « rangements ». Mais ce qu'il rangeait, c'étaient deux cadavres, ceux d'un garçon et d'une fille aux cheveux très courts que, de toute évidence, il venait de tuer. Et dont il entreprenait de glisser les corps sous l'une des couchettes du véhicule. En attendant sans doute de s'en débarrasser plus tard définitivement.

Une autre créature de sexe féminin était présente à l'intérieur du mobilhome, elle était également nue et immobilisée sur une couchette. Ligotée. Boris remarqua qu'elle avait le pubis dépouillé de toute toison. Il n'avait vu qu'une fois Manon Brioussot, dans les locaux de Futurible SA, mais il la reconnut instantanément.

Manon était vivante.

Il décida de passer à l'attaque.

Deux détonations, et la porte arrière du mobilhome volait en éclats. Boris se précipita à l'intérieur.

Surpris en plein rangement, alors qu'il venait de liquider Fred et Slim sur un coup de colère parce qu'il avait découvert que Fred, pendant son absence, s'était permis de violer sa prisonnière, Marco Staner était d'une humeur exécrable. L'apparition du policier ne devait pas arranger son état d'esprit. Ce ne fut d'ailleurs pas vraiment un policier qu'il reçut de plein fouet, mais plutôt une espèce de tornade humaine, un tourbillon monstrueux fait de coups multipliés qui lui défoncèrent les pommettes, le nez, les dents, les côtes, jusqu'à le transformer en steack tartare. Le tout en moins de quinze secondes.

Quand Boris se releva, Staner n'était plus qu'une espèce de loque pantelante, écroulée, à laquelle il était difficile d'attribuer l'épithète « humaine ». Crachant des dents, hoquetant, aveuglé par le sang qui lui dégoulinait de ses arcades sourcilières fendues, il tenta de se relever, se hissa péniblement à quatre pattes, puis retomba face contre terre au milieu du mobilhome et plongea dans les vapes.

Boris se précipita vers Manon.

Elle était sauvée.

Violée, meurtrie, mais sauvée.

Il la débarrassa de ses liens et elle s'effondra en sanglots entre ses bras.

Il caressa ses beaux cheveux noirs.

— C'est fini, dit-il. Le cauchemar est terminé.

Puis il s'empara de son téléphone portable. Dans quelques instants, les premiers policiers allaient rappliquer. Tout était fini. Le tueur au rasoir ne ferait plus jamais régner sa loi.

*

* *

Dans la pénombre où baignait le studio de Boris Corentin, rue de Turbigo, la main d'Ariane s'aventura vers le bas-ventre du policier de la Brigade Mondaine.

— Tu ne dors pas ? murmura-t-elle.

— Non, souffla Boris. Je réfléchissais.

— À quoi ? interrogea la gardienne de l'immeuble de la place du Général-Catroux où Boris avait quelques heures exercé de prétendues fonctions de détective privé.

Il eut un geste vague dans l'ombre. Toutes les victimes de Marco Staner étaient en train de défiler dans sa mémoire. D'Esméralda, la petite amie de Théo Galvani, jusqu'à la dernière, Fiona Géricault, qu'on avait découverte chez elle, égorgée, après l'arrestation du tueur. En passant par tous les autres, Alexia, Valéra, Marcellin Braudeau, Aurélie, Agathe Fournel, et jusqu'aux deux tueurs à rollers, Fred et Slim. Une abominable litanie de meurtres insensés.

Il repensait aussi à Albert Galvani. Avec tous ces événements, et surtout avec le meurtre d'Alexia Rouval, sa carrière politique, était, comme il disait « flinguée », même s'il était maintenant lavé de tout soupçon, mais il s'en moquait : il aimait Manon, et rien d'autre ne comptait plus pour lui.

Quant à Montanier, le vieux flic pourri de la Criminelle, il était maintenant l'objet d'une enquête de l'Inspection générale des services, la redoutable police des polices, et on pouvait douter qu'il connaisse une retraite heureuse et paisible.

Boris soupira. Trois semaines s'étaient écoulées depuis l'arrestation de Staner. Pas plus tard qu'hier, Boris avait eu Galvani au téléphone. Ils avaient discuté de tout et de rien. Avant de raccrocher, Galvani avait baissé la voix et avait confié à Boris, en confidence, que « ça commençait à repousser »…

La vie, en somme, reprenait ses droits. Boris se lova contre Ariane. Ses doigts se perdirent dans la forêt profonde et crépitante de la toison de la jeune femme. Celle-ci gémit sous la caresse, et, reins cambrés, cuisses ouvertes, tendit vers lui son buisson ardent.

— Promets-moi que tu resteras toujours comme ça, fit-il en plaquant sa grande main chaude sur son pubis.

Elle comprit au quart de tour de quoi il voulait parler.

— Promis, souffla-t-elle tandis qu'il chavirait sur elle et entreprenait de l'envahir pour la quatrième fois de la soirée.

Achevé d'imprimer en août 1999
sur les presses de Cox and Wyman Ltd
Angleterre

VAUVENARGUES – 14, rue Léonce Reynaud – 75116 Paris
Tél. : 01 40 70 95 57

Dépôt légal : septembre 1999
Imprimé en Angleterre